新潮新書

Naoki

バカの国

863

新潮社

怒りの長い長いまえがき

この本は有料個人サイト「百田尚樹チャンネル」の会員向けに配信しているメールマガジンの文章に加筆・修正してまとめたものです。

二〇一五年からやっているそのサイトは月三回の生放送と動画配信がメインですが、それとは別に、毎週、「ニュースに一言」と題して、その週に起こった様々なニュースに対して、私なりの解説を加えた文章を皆様に配信しています。取り上げるニュースは、政治や経済のこともあれば、国際関係のこともあり、かと思えば、笑える三面記事もあれば、エロネタもありと、何でもありのごった煮です。毎週、原稿用紙にして十枚以上を書いています。これまでに書いた記事の数も千を優に超えています。

前作の『偽善者たちへ』は、その中から「偽善」をテーマに書いたものをまとめましたが、今回は「バカ」をテーマにまとめてみました（各記事の最後に付けられた日付はメルマガの配信日です）。

今回、改めて過去記事を読み直したのですが、そこに出てくるバカの多いこと多いこと。まさにバカのオンパレードです。最初はバカが登場するたびに爆笑していたのですが、だんだんと笑えなくなってきました。「おいおい日本、大丈夫か」という気になってきたのです。それくらいこの国には信じられないバカが大勢いるのです。もちろん私もその一人かもしれません。ですから書いていて、自らを省みる点もいくつもありました。

しかし一方で、私など足元にも及ばない「真正《しんせい》のバカ」も沢山いました。いや単なるバカとは言えない、実は人間として終わっているのではないかと思えるバカもいました。また役人や政治家の中には、「税金に巣《す》くう寄生虫」かと思えるようなひどいバカも大勢いました。さすがに書いていて気が滅入ってきましたが、これも日本の現状です。どうやらこの国は「バカの国」になったと言えそうです。

……と、ここまではどちらかと言えばお気楽な感じに書き、ま、こんなものだろうと脱稿《だっこう》したところ、とんでもないニュースが日本を襲いました。中国発の新型コロナウイルス感染症です。そこで、いったん脱稿したまえがきに、長い加筆をすることになりました。

＊

一月の中旬に日本に新型コロナウイルスが上陸すると、二月に入って感染者が一気に増えました。三月に入ると、学校は休校、様々なイベントやコンサートは自粛、プロ野球のオープン戦や大相撲は無観客開催となりました。春の風物詩のひとつである選抜高校野球も中止となりました。私が構成しているテレビ番組「探偵！ナイトスクープ」も三十二年やってきて初めて無観客収録となりました。講演も全部なくなりました。今これを書いている時点（三月中旬）では、今後どのように感染が拡大、もしくは収束するかはわかりませんが、非常に緊迫した状況です。

ところで、私が何よりも呆れたのは、この新型コロナ肺炎に関連する騒動で驚くほどのバカが次々に現れたことです。あ、その前に「新型コロナ肺炎」などという呼び方はしっくりきません。中国の武漢《ぶかん》発ということで、以下、「武漢肺炎」と呼ぶことにします。

武漢肺炎にまつわる一番のバカは政府です。

お隣の中国で未知のウイルスによる感染者が大量に出ているにもかかわらず、政府の態度はまるで対岸の火事でも眺めているような感じでした。一月二十三日、中国政府は感染拡大を防ぐために、人口一千万人規模の都市である武漢を封鎖するという非常手段に出ました。幹線《かんせん》道路の封鎖と同時に、電車とバスの公共交通をも止めるという徹底ぶりです。実は私はその前から、これは大変な事態だと感じ、武漢封鎖の前日にあたる二十二日に、ツイッターでこう書いています。
「中国からの観光客は一時ストップするべきと思う。国と国民の命を守るとはそういうこと。経済的には打撃で、一部の業者は悲鳴を上げるだろうが、もし病気が大流行したら、国の打撃のほうがはるかに大きい」
ちなみに私はそれ以降、連続してツイートしています。いくつか抜粋します。
「日本は対応を誤ると甚大なダメージを被る」（一月二十四日）
「カミュの『ペスト』は、ペスト発生により封鎖された都市の中で生きる人々を描いた小説だ。これは一種の寓話だが、今それと同じことが中国で起こっている」（同日）
「もし東京で一％の人が新型肺炎に罹患したら一〇万人。その時は、東京の都市機構は麻痺する。もちろん経済もガタガタになる。（中略）それがわかっている大臣や国会議員がいないのが、私たちの不幸」（一月二十五日）
「今回の日本政府の対応は、まったくダメ！　安倍政権の危機管理能力はゼロに近いこ

とが露呈した。もちろん野党もメディアもだ」（同日）

しかし当然ながら私の警鐘《けいしょう》は政府には届かず、日本政府は何のアクションも起こさないまま、春節で大量の中国人観光客が来日しました。その後は湖北《こほく》省、続いて浙江《せっこう》省からの入国を止めましたが、他の地域からはフリーパスの状態が続きました。いったい国民の命をなんだと思っているのでしょうか。これは単なるバカでは済まされません。それなのに、加藤勝信《かつのぶ》厚生労働大臣は約一ヶ月後の二月二十五日の記者会見で「引き続き先手先手の対応を進めていきたい」とドヤ顔で言っていました。どうやら「先手」の意味がまるでわかっていないようです。

二番目のバカは、今回も国のことより政府を攻撃することだけに夢中の野党です。

国内で感染が確認された一月、なんと国会では武漢肺炎に対する質問はほとんどなく（質問の大半は前年から続けている「桜を見る会」についてでした）、政府の無対応を非難する声はまったく上がりませんでした。それなのに、三月に入ると、野党は一斉に「政府の対応が遅い！」と非難する始末です。ちなみに立憲民主党の福山哲郎《てつろう》幹事長は、三月に入ってからも、国会質問では執拗に「桜を見る会」の質問を続け、呆れたことに

「時間が余れば、コロナ対策もやります」と言いました。彼にしてみれば、武漢肺炎など、「余った時間」にやる程度の問題のようです。同じ党の石垣のり子議員は一月二十九日の国会質問で、「新型肺炎ウイルスや自衛隊の中東派遣などの問題を質疑するところではありますが――」というようなことを前置きしながら、質問自体は「桜を見る会」ばかりでした。ちなみに共産党などは、一月二十七日から三十一日までの五日間、合計二時間三十六分の質問時間の中で、武漢肺炎に関する質問は三分しかありませんでした（約一・九パーセント！）。彼らは武漢肺炎などはどうでもいいと思っていた確たる証拠です。

国民民主党の原口一博国会対策委員長は、二月二日に「巨大な人口をようする隣国で『町を封鎖する』という事態に直面した時、まともな政治家ならば、その国からの渡航を直ちに全面停止する」と、さも危機管理の専門家のようなツイートをしていましたが、武漢が封鎖された当日の彼のツイートは、「桜を見る会」に関するものばかりで、武漢封鎖に触れたツイートはひとつもありませんでした。

また立憲民主党の蓮舫《れんほう》議員は、三月九日の国会で「中国・韓国の入国制限の科学的根拠は？」と政府の対応を非難するような質問をしていましたが、私が政府に代わって彼女に申し上げたい。未知のウイルスに対して、科学的根拠など示せるはずもありません。だからこそ、感染防止に効果があると思われることを先んじてやるのが危機管理です。野党議員の「後出しジャンケン」とイチャモンにはうんざりです。

三番目のバカはメディアです。

一月半ばの時点で、武漢肺炎の危機に警鐘を鳴らしたメディアはほとんどありません。朝日新聞などは、一月二十四日（武漢封鎖の翌日）の夕刊の「素粒子」というコーナーで、「中国人を排除するより、ともに手を洗おう」と間の抜けたことを言っています。テレビに出る医者やコメンテーターの中には、「インフルエンザよりも怖くない」「マスクなんかいらない」という信じられないコメントをする人が多数現れました。中には「武漢でジョギングはあり」と、楽観的なイメージを与えるようなツイートをする感染症の専門家もいました。

また評論家の中には、中国人観光客の入国を止めたりすれば、日本の観光業界が経済的に大きなダメージを受けると発言した人もいました。「中国人観光客を止めろという人は、それが原因で倒産したホテルに寄付をできるのか」と言った人もいました。しかし結果的には、三月に入って日本はそれ以上の経済的ダメージを被ることになりました。

すると、野党の連中と同じく掌《てのひら》を返したように、「新型コロナ肺炎の対策がなっていない」「危機感が薄い」と政府を非難するメディアやコメンテーターが次々に出てきました。彼らは一ヶ月前の自分たちの発言さえ覚えていないのでしょうか。

さらに呆れたのは、感染者が増えた三月以降、「国民は全員が検査を受けるべきだ」というキャンペーンを張るテレビ局がいくつも現れたことです。重い症状でもないのに「不安だから」というだけで検査を受けると、膨大な数の偽陽性《ぎようせい》判定者が現れ、病院に患者が溢れかえって医療崩壊という最悪の事態が起こります。あらためてテレビ局員の知性と節度《せつど》の無さに唖然《あぜん》とさせられました。もっとも検査を抑制しすぎると、感染者が街を歩き回るという事態も起こるのですが、現時点においては検査を広げるのは極めて危険です。イタリアや韓国の医療崩壊はこれが原因のひとつです。

メディア関係で最もぞっとさせられたのは、三月十三日の朝日新聞の編集委員のツイートです。

「あっという間に世界中を席巻《せっけん》し、戦争でもないのに超大国の大統領が恐れ慄《おのの》く。新コロナウイルスは、ある意味で痛快な存在かもしれない」

アメリカ大統領さえ恐怖に怯えているのを、彼は痛快と言ったのです。誰が不幸になろうとも事件が起これば嬉しいという朝日新聞社の本音が出たのかもしれません。こういうのが編集委員をやっているのですから、私たちが恐れ慄きたくなります。

四番目のバカは、地方自治体の首長たちです。

お隣の中国が困っているからと、自治体が緊急用に備蓄している防護服やマスクなどを大量に中国に寄付する知事が次から次へと現れました。東京都もまた緊急用に備蓄していた防護服を三十万着以上送りました。私の住んでいる兵庫県も、二月十日に、県が緊急用に備蓄していたマスク百二十万枚のうち百万枚を寄付しました。その時点で、多くの市民はマスクが手に入らず、また県立病院でもマスク不足で困っているところがあったにもかかわらずです。

地方自治体とは違いますが、自民党の二階俊博《としひろ》幹事長は党員に対して、「五千円を中国に寄付しろ」という号令を掛けました。寄付の意味もよくわかりませんが、その金額が五千円というのが何とも微妙で苦笑させられます。隣人を助けるのは結構ですが、まずは自分の身を守ってからのことでしょう。彼らはとんでもない偽善的バカです。

五番目のバカは、マスクが市中から払底《ふってい》したのをチャンスと見て、ネットなどで、目の玉が飛び出るくらいの金額で転売した輩《やから》です。

中には最初から転売目的で大量に買い漁ったとしか思えない奴もいます。また呆れたことにネットオークションで九百万円近くを売り上げた県会議員もいました。彼らは単なるバカではありません。むしろ「卑劣」「クズ」と呼ぶのがふさわしいかもしれません。

そして六番目のバカは、ほかならぬ私たち国民です。

政府、野党、メディアに対して、非難の声をほとんど上げることなく、「どうせたいしたことにはならないだろう」とたかをくくり、のんびりと構えていたのです。いつもならすぐにデモをやるプロ市民や活動家もまったく動きませんでした。

国民の多くが「たいしたことにはならないだろう」と考えたのは、「正常性バイアス」がかかったからです。人は大きな災害が予測される事態になっても、「そんなにひどい事態にはならないだろう」と勝手にいい方に補正しようとする意識が働き、実際よりも被害を小さく予想してしまいます。これが「正常性バイアス」と呼ばれる心理で、主に災害心理学で用いられる言葉です。昔から地震や台風にしょっちゅう見舞われてきた日本人は、この正常性バイアスが強いと言われています。一種の生活の知恵なのでしょうが、今回は、それが完全に裏目に出たようです。

実際、私が一月二十二日以降、連日ツイートで「武漢肺炎の脅威《きょうい》」を訴えていると、多くの匿名の人から「騒ぎすぎだ」というリプライをもらいました。それで二十五日に、私はこんなツイートをしています。

「私が新型肺炎の脅威を書き、政府の無策を書くと、『大袈裟《おおげさ》に言うな。煽《あお》るな！』というリプをもらう。中には『新型肺炎について何を知っているのだ』と言う者もいる。たしかに私は専門家ではない。しかし作家の勘で、今回はとんでもない事態だとわかる。この勘が外れて、私がバカにされることを祈る」

＊

政府はようやく三月になってから、発生源である中国からの入国を実質的に止めましたが、遅きに失した感が否めません。前述のとおり、学校の休校、企業のテレワーク、イベントや宴会やコンサートの自粛、大相撲の無観客開催と影響がどんどん拡大し、また飲食店も閑古鳥《かんこどり》が鳴いています。もしこのまま感染拡大が収まらなければ、その経済的損失は想像もつかない額になるでしょう。

一月の時点で中国からの渡航を止めていたとしても、はたして感染が防げたかどうかはわかりません。しかし政府が真剣に取り組む姿勢を打ち出せば、メディアも野党も国民も危機意識を強く持ち、感染防止にはそれなりの効果が出たはずです。

私は常々、「平時であれば、政治家なんて誰でもやれる」という持論を持っています。というのは、日本人は民間の人々のレベルが非常に高いからです。また官僚も〝マニュアル〟で解決できる問題には恐ろしく強く、たいていの事態には対応できる能力があります。

国会は立法府と言われていますが、実際に細かい法律を文章化して整えるのは官僚の仕事です。内閣を構成する各大臣は、自分が長であるにもかかわらず、それぞれの省のことなどろくに知りません。国会での質問に答えるときも、官僚の用意した答弁書を読み上げるだけです。そんな楽な仕事にもかかわらず、誰が聞いても呆れるようなことを言ったりしたりする大臣はいくらでもいます。スキャンダルや失言で解任される大臣の多いこと多いこと。私は国会議員や大臣を何人も直接知っていますが、民間企業へ行けば、間違いなく三流社員として扱われる、あるいは窓際に追いやられるはめになるであろう人は珍しくありません。中には優秀な人もいますが、平均すると、民間の優秀な人よりははっきり落ちます。それなのに、なぜ日本という国が回っているのか――その多くが民間と官僚の力によるものです。そう、平時であれば、政府や国会などなくとも、私たちの生活はたいして困りません。

私は政治家というものはオーケストラの指揮者のようなものだと思っています。楽団員は国民です。下手くそな楽団員ばかりだと、指揮者が優秀でなくてはどうしようもありません。指揮者が的確に指示を与えなければ、楽団員はどのタイミングで音を出せばいいのかもわからないでしょう。しかしレベルの高い優秀な楽団員が揃っていれば、別に指揮者などいなくても音楽は演奏できるのです。ところが指揮者が絶対に必要な場面があります。それは思わぬ事態が起きた時――たとえばオペラなどで、歌手が間違えたり、記憶が飛んだりした場合です。混乱に陥ったオーケストラを素早く立て直すのは、優秀な指揮者でなければできません。

国の舵《かじ》取《と》りも同じです。日本の国民はオーケストラにたとえると非常に優秀な楽団員です。指揮者が少々ボンクラでも見事に演奏します。しかし何か非常事態が起きたときはそうはいきません。そのときこそ優れた指導者の的確な指示が必要なのです。戦争になったり、大災害がやってきたり、あるいは未曾有《みぞう》の経済危機に見舞われたりしたとき、政府の的確な指示がなければ、国民は動けません。そのときに必要なのは、果断《かだん》に決断できる政治家です。

そうなのです。政治家は国家の危機や緊急事態にこそ力を発揮するべき存在なのです。今回の武漢肺炎の発生は、まさしくそんな状況でした。隣国で未知のウイルスが発生し、ワクチンも治療法もなく、医療崩壊が起こるくらいの感染者と死亡者が出たという状況を前にして、まず行なうべきは、この謎のウイルスを自国に入れないということです。これは基本中の基本です。

識者の中には「入国を止める法的根拠がない」としたり顔で言う人もいました。国民の命がかかっている緊急事態に法的根拠もくそもあるかと思いますが、実は「出入国管理及び難民認定法」の五条一項十四号には、日本に上陸できない外国人として、「法務大臣において日本国の利益又は公安を害する行為を行うおそれがあると認めるに足りる相当の理由がある者」とあり、日本政府が本気でやるなら、感染患者が含まれている可能性が高い外国人の入国を拒否できるのです。

結局、日本政府が動かなかったために、春節の大移動で、一月の終わりから大量の中国人観光客が入国しました。おそらくかなりの感染者がいたはずです。その結果、日本にも多くの感染者が出ました。

その間、日本政府が取った対応策は、感染者を入国する際に食い止めるという「水際《みずぎわ》作戦」です。その内容は驚くべきもので、中国からの入国者に対して、「発熱があるか自己申告をしてください」という質問票を配布し、発熱があると申告した人を調べて、感染がわかると、入国しないでくださいとお願いするというものです。私はこれを聞いて唖然としました。言うまでもありませんが、せっかく時間とおカネをかけて日本に来た中国人観光客が、「実は私、熱があります」「武漢にいたので、新型コロナウイルスに感染しているかもしれません」などと正直に言うはずがありません。サーモグラフィー検査もあったようですが、そんなものは解熱剤《げねつざい》で簡単にすり抜けられます。この「水際作戦」を考えたのは、どんなバカかと思いました。

日本と真逆の対応を取ったのは台湾です。観光も含めて中国への依存度が高い台湾ですが、蔡英文《さいえいぶん》総統は「中国からの入国の全面停止」を含む断固とした措置を矢継ぎ早に取りました。しかも違反する者には厳しい罰則まで付けました。現時点で台湾が世界の国の中でも感染者の少ない国となっているのは、そのおかげでしょう。

一方、日本は感染者が出てからも、政府はなかなか動きませんでした。二月から三月にかけて政府がやったことは、学校への休校要請、また企業へのテレワークの要請、大勢が集まるイベントや宴会の自粛要請、国民への不要不急の外出を控えるようにという要請などです。たしかにこれらは感染拡大に対しては防止効果が見込まれます。

しかし呆れたことに、その時点で中国の観光客は湖北省と浙江省を除いてはまったく止めていなかったのです。これは船底に開いた穴から浸水しているのに、バケツリレーで排水しているようなものです。排水は大事ですが、まずは穴を塞《ふさ》ぐことでしょう。私は今回の政府の対応を見て、「なんという危機管理能力の低い政治家が集まっているのか」と呆れました。危機管理では、常に最悪の事態を想定して動かなければなりません。そして初動の対応が非常に重要です。国民の命がかかった問題においては尚のことです。

政府のこれほどの無策にもかかわらず、三月中旬現在、日本は世界の国々と比べて、感染者はそれほど多くはありません。数字だけを見て、「政府はよくやっている」と評価する保守論客もいますが、日本に感染者が少ないのは、街や家の衛生状態がいいことと医療体制が充実していることに加え、国民が節度を守って病院に殺到しないことで医療崩壊を防いでいるからです。敢《あ》えて言えば国民の民度に助けられています。
もしかしたら結果的には、武漢肺炎は日本に深刻な打撃を与えることなく収束するかもしれません。そうなってほしいと願っていますが、仮にそうなったとしても、私の現政府に対する不信感は拭えません。

将来、もっと恐ろしいウイルスが他国で発生した場合、はたして日本がその危機に立ち向かえるのか心配です。ウイルス以外でも、仮に日本にどこかの国が軍事行動を起こした場合、政府は即座に動けるのかという不安も消えません。嫌な譬《たと》えをしますが、ある国の軍艦が何隻も日本に向かってくる、あるいは大量のミサイル発射準備を行なっている、という情報を政府が摑んだとき、はたして果断に対応できるのでしょうか。今回の事態は、図《はか》らずも日本という国の弱点が出てしまったと感じるものでした。特に中国・韓国・北朝鮮の三国は、それを冷静に分析していることでしょう。

こういうことを書くと、またまた「煽るな」「騒ぎすぎだ」「根拠なく発言するな」といった声が聞こえてきそうです。前述したように、一月末に私が武漢肺炎の脅威と政府の無策についてツイートした際も、そのようなリプライをたくさんもらいました。今この文章を書いているのは三月の半ばです。もしかしたらこの本が出版される四月の下旬にはすっかり収束しているかもしれません。その時は皆さん、大いに私を嗤《わら》って下さい。いや、私はそうなることを願っています。

ただ、それでも忘れていただきたくないのは、この一月から三月にかけてのバカな失策の数々のせいで、大きな被害が発生してしまったということです。亡くなった方や重症化した方もいます。倒産した企業もあると聞きます。学校の卒業式や春の高校野球をはじめ、一生に一度のイベントがなくなった人もいます。また何より、医療関係者や教育関係者など現場の最前線で働く方々はとてつもない苦労を強いられています。仮に収束したとしても「よかったよかった」で終わらせては絶対にいけません。

政治家やメディアや国民は、今回の失敗を糧《かて》や教訓にして、正しい危機意識を持ってほしいと思います。同時に、このまえがきで挙げたバカどもには全員深く反省してもらいたいものです。

百田尚樹

令和二年三月二十日

バカの国●目次

第一章　クレーマー・バカ

現代の日本に増殖しているバカのひとつに「クレーマー」があります。

彼らは自分が気に入らないことなら、どんなことにも文句を言います。そして自分の要求を通そうとします。おそらくそれが自らの権利だと思っているのでしょうが、それらは権利でもなんでもありません。ただのワガママかイチャモンです。

彼らはまるで、自分の要求は何でも通ると信じ込んでいる独裁国家の帝王のように見えます。しかし現実の彼らは帝王でも権力者でもなんでもなく、多くは私たちと同じ普通の市民です。それだけに、彼らの心の中に「暗愚の帝王」に似た全能感が潜んでいることが気味悪いのです。

心理学的には様々な分析ができる人たちなのでしょうが、私は一言、「バカ」と呼ばせていただきます。

1　何でもかんでもクレーム

盆踊りは静かに？

花火と並ぶ夏の風物詩といえば盆踊りです。しかし、最近は地域のお祭りを騒音と感じる人もいて、その対策として、踊り手がイヤホンで音楽を聴きながら踊る「無音盆踊り」が登場したというニュースがありました。

イヤホンの付いた携帯ラジオを持参し、ＦＭ電波で同じ曲を聴きながら踊るというものです。なるほど、これなら近隣の住民たちにも騒音にならないので、万事めでたしめでたしなのでしょうか。

夏の夜、歌も音楽もない無音の中で、大勢の人々が黙々と踊っている様は、ある意味、ホラー映画のシーンですよ。たまたま帰宅途中の人が通りがかりにこの光景を見たら、恐怖に震え上がると思います。とくにずっと黙って踊っている人たちが一斉に「あら、ヨイヨイ」などと声を上げたなら、私なら走って逃げます。

踊っている本人たちはイヤホンから聴こえる音楽に合わせて気持ち良く踊っているの

でしょうが、盆踊りは櫓《やぐら》の上で太鼓を叩きながら賑やかに踊るから盛り上がるのであって、そうまでして踊らなければならないものなのかと思ってしまいます。

盆踊りなんて毎日踊るものではありません。一年に一度、それもせいぜい二、三時間程度のものです。にもかかわらず文句を言う人がいるのです。「訴えるぞ」「騒音は人権侵害だ」と強硬に言われると、自治会も引かざるをえないのだと思います。

この件に限らず、最近は個人を優先するあまり地域のコミュニティがないがしろにされる傾向が強くなっています。小学校の運動会の練習さえもうるさいとクレームをつけられることがあるそうです。本来地域の子供たちの元気な声は微笑ましくはあっても耳障りとはならなかったはずなのに、それだけ人々の心に余裕がなくなったということかもしれません。

そのうち花火の音もうるさいと言われる日がくるかもしれません。

日本の技術をもってしたら、無音花火を作ることも可能かもしれません。でも、無音の夜空に突然、パーっと花火が光るのは、少し気味悪い感じがします。で、その花火を見て歓声を上げれば、たちまち「うるさい！」という抗議の声が殺到するので、観客はそれを無言でじっと見つめます——おお、想像するだけで嫌です。

（2015/08/21）

餅つきも危ない

クレームに何よりも過剰反応するのは行政です。二〇一六年十二月、全国の自治体で、餅つき大会が中止になるというニュースがいくつもありました。

その理由として、餅はちぎったり丸めたりして人の手に触れる工程が多いため、ノロウイルスによる集団食中毒が発生する恐れがあるからということです。それならビニール手袋の着用を義務付ければいいだけのことなのに、イベントさえなければ何も起こらないと考えてすべてのことを禁止する行政の事なかれ主義にはうんざりです。

また、いよいよ年が明けるその瞬間に聞く「除夜の鐘」を住宅街にあるお寺を中心に自粛する動きが出てきているといいますから、もう訳がわかりません。

除夜の鐘は、大晦日《おおみそか》に煩悩を洗い流して新年から心を入れ替えるという区切りのものであり、「この音を聞かないと新年を迎えた気がしない」という人もたくさんいます。しかし近年は「真夜中に百八回もゴーン、ゴーンとやかましい」などのクレームが寄せられているようで、抗議に怯えて除夜の鐘をやめてしまう寺が増えているそうです。

過剰反応する一部の人たちの意見が優先されるあまり、伝統行事が変化を強いられ後世に正しく伝わらなかったとしたら、現代を生きる者として恥ずかしいことです。

ハロウィンやイースターなど外国のイベントは年々派手になっていくのに対し、日本に古くから伝わる伝統文化（除夜の鐘は、鎌倉時代に宋から伝わり、定着しました）がどんどん衰退していく様は、いろいろな文化の融合により世界が形作られるという本当の意味での国際化からは逆に離れていってしまっていることに早く気付くべきです。

もっとも、除夜の鐘を「けしからん」と言う人はもしかしたら、日本人ではないのかもしれませんが……。


（2016/12/16）

（※二〇一九年十二月、札幌市の大覚寺が、近隣住人の抗議を受けて、百年以上続けてきた伝統行事の除夜の鐘を中止したというニュースがありました。聞けば抗議したのはわずか三十件だったといいます。）

その努力を他に向けろ

クレーマーの中には犯罪者もいます。

二〇一五年九月、「買った商品に毛が入っていた」などと、うそのクレームでパン店などから現金や代替品を騙し取っていた四十五歳の女が兵庫県警伊丹署に逮捕された事件がありました。

女の携帯には半年間に三十都道府県の約千二百店に合計七千回通話した履歴が残っていたそうです。そして店の電話番号を調べるための「一〇四」番号案内には四千六百五十回もかけていたと言いますから、案内の係の人も大変だったでしょう。

現代はインターネット社会になり、誰でも簡単にウェブ上に店の悪口や悪評を書き込めます。それにより閉店に追い込まれることも珍しくはありません。店側もおかしな評判がたてば困りますから、少々の金額なら払った方が得策だと考えます。言いがかりには毅然とした態度で臨むべきでしょうが、商売をしていたら損得で物事を考えなければならない時もあるのでしょう。犯人の女はそこのところをついたわけです。表沙汰になっていない同様の事件もたくさんあるのではないでしょうか。

ところで、面白いのは逮捕のきっかけです。この犯人の女性の家に、スーツ姿の男性がお詫びのために頻繁に訪れたり、宅配便が一日に何度も来ることを不審に思った近所の住人が女を尾行し、公園で現金や商品を受け取っているのを確認して、被害者に警察への相談を進言したことによって犯行が発覚したそうです。おそらく、この女性は近所でもよほど嫌われていたのでしょう。ちなみに、この犯人は本名で犯行に及んでいたため、多くの店で要注意クレーマーとして有名だったそうです。

（2015/10/02）

長電話の自由

クレーマーの犯罪者の中には、金品目的ではない者もいます。

二〇一六年十一月に、兵庫県にある姫路循環器病センターに薬の処方をめぐる抗議電話を約三時間半にわたり二百三十回も繰り返しかけたとして、兵庫県警飾磨署は、威力業務妨害の疑いで六十九歳の無職の男を逮捕したというニュースがありました。

一分に一回の割合で三時間半もの長時間電話をかけ続けていたわけで、まさに時間をもてあましている人間でないとできない犯罪です。

男はこの病院に通っている患者で、処方された薬について、「薬が足らん」「薬の発送手続きの担当者の名前を言わないと電話をかけ続ける」などと因縁をつけ病院の救急外来に電話をしていました。救急外来といえば、文字通り急を要する患者の処置にあたる部署です。わけのわからない男の相手をしている暇はないのに大変な迷惑です。

男は調べに対し「電話した回数は五十回ぐらいで、業務を妨害したとも思わない」と容疑を否認しているそうですが、男の携帯電話にはしっかりと二百三十回の履歴が残っていました。

自分がかけた電話の回数もわからず、なお且つ執拗に電話のボタンを押し続ける様は、明らかに異常です。この容疑者が病気なのは間違いないでしょう。それも循環器系統ではない、もっともっと厄介な病気です。

(2016/12/09)

笑顔を見せろ

今や客商売(前項の病院も客商売の一種と言えます)は、悪質クレーマーにとっては格好のターゲットとなっています。

二〇一六年一月、鹿児島県内のコンビニで男性店員に「笑顔がない」などと言って腹部を蹴り重傷を負わせ、土下座を強いたとして五十六歳の男が逮捕されました。

昨今は販売店や飲食店で土下座を強要し問題となるケースが多くなっていますが、そのほとんどが言いがかりです。今回の件も、笑顔がなかったというだけの理由で暴れるなんて、神経がどうなっているのか理解ができません。この男はいったい自分を何様だと思っているのでしょうか。

何よりも気分が悪いのは、この男が土下座を要求したということです。金品を要求する場合は確実な実入りがありますが、相手に土下座をさせても金銭的には何の得もありません。つまりは自分の自尊心と優越感を満足させるためにすぎません。多くの土下座強要事件も基本的に同じです。それだけのために執拗にクレームを繰り返し、挙句に暴力を振るうなど、心も頭もおかしいとしか言いようがありません。

（2016/01/08）

尻を出した女子大生

クレーマーということでは、カナダではもっとすごいニュースがありました。

あるドーナツチェーン店で女子大生がトイレを使わせて欲しいと申し出たところ、店員がそれを拒否しました。すると怒り狂った彼女はその店員の目の前でいきなりズボンを下ろし、お尻をまるだしにして脱糞するという暴挙にでたのです。その様子は店の監視カメラにすべて記録されていました。

それだけでも十分驚くことですが、すべてを出してスッキリしたはずの彼女は、まだ怒りが収まらないのか、あろうことか今出したばかりのホヤホヤの「物」を手で摑むと、男性店員に向かって投げつけたのです。動物園のゴリラが観客に向かって同様の行為をすることは聞いたことがありますが、まさか人間が、それも飲食店の店内でするなんて驚きです。女は従業員の通報により駆け付けた警官に店を出たところで逮捕されましたが、その後ろ姿に向かってスタッフがこう罵声を浴びせたことは間違いありません。

「この、くそったれ女！」

（2018/06/01）

小便と裁判

世の中には傍から見ればどうでもいいことでも、とことんこだわり続ける人がいます。ただし、それが裁判にまで発展したら付き合わされる裁判所も大変です。

小便器の跳ね返る尿の量が多すぎるとして、入居会社の社長が、ビルの管理会社などに損害賠償を求めた訴訟の控訴審判決が二〇一五年十一月にありました。控訴審判決ということは、一度出た判決に納得せずに控訴をしたということです。

これはオフィスビルのリニューアルに伴ってトイレの小便器を新型の物に代えたところ、以前に設置されていた物より「おつり」が多く、手足が汚れてしまうのは高い賃料や共益費を払っているのに納得できないという裁判です。

訴えた社長は、提訴する前に大手便器メーカーに社長自ら電話をかけ、苦情を申し入れて担当者を呼びつけたものの、思うような結果が得られなかったため、別のメーカーの物に取り換えさせたといいます。そして、それでもまだ納得ができず、ついに裁判に訴えたというものです。

管理会社が粘土やダンボールで作った便器ならまだしも、仮にも大手メーカーの商品です。あらゆる角度から試験もしているでしょうし、そんな変なものなら販売できないと普通なら考えますが、この社長を納得させることはできなかったようです。原告の社長は自ら実験を重ね尿の跳ね返りデータを揃えましたが、裁判所はその実験に信用性がないとして請求を棄却した一審の判決を支持しました。これで社長は二敗目となりました。

人は誰でも裁判を受ける権利はあるというものの、こんなくだらない裁判に付き合わされる裁判所や裁判官はたまったもんじゃないと思うのですが、どうでしょう。もっとも双方の弁護士には弁護士料が入るので、不満はないでしょうが。

さあ、社長はここで諦めるのか、はたまた最高裁まで争うのでしょうか（憲法解釈に関係する裁判ではないので、たとえ上告しても却下されるでしょうが）。こんなことで多額の裁判費用と時間を使う社長の情熱には驚くばかりです。オシッコの跳ね返りがそこまで気になるなら便器に坐ってオシッコすればいいと思うのですが、それはできないという社長の強いこだわりがあるのでしょう。

（2015/12/04）

2 「弱者のため」を装うクレーマー

アイドルと男女平等

世の中には、女性の権利、あるいは「性差別」にとても敏感な人がいます。

二〇一五年十月、アイドルグループ「ももいろクローバーZ」が福岡県・太宰府市の大宰府政庁跡で開催するコンサートに対して、地元の女性団体が「市がからんでいるイベントで、男性限定はおかしい」という抗議の声を上げているニュースがありました。

このコンサートは太宰府天満宮や太宰府市などで作る実行委員会が計画したもので、別に女性蔑視をしているわけでなく、ただ「男祭り」と称して男性の観客だけでやってみようという他意のない限定イベントです。「ももクロ」は過去にも同様のイベントを行なったところ大盛り上がりした実績があり、それをもう一度やってみようとしただけです。ちなみに「ももクロ」のファンはそもそも圧倒的に男性です。

以前、「土俵に女が上がれないのは差別だ！」と言ったとんちんかんな女性知事や市長がいましたが、伝統や儀式を性差別に置き換えた大きな勘違いです。

そのことに文句をつけるなら、宝塚歌劇団に男性が入れないのはおかしいと言ってもらいたいものです。また、女性専用車両や映画館のレディース・デーもダメなはずです。ましてや先の国会で女性議員が人間のバリケードを組み、触ればセクハラだと女性を最前面にだした行動はどうなるのでしょう。

女性アイドルの男性限定イベントにまでいちゃもんを付けるのは、本来の女性の地位向上のための活動からは逆に遠ざかる行為だと思うのですが、どうでしょう。

（2015/10/16）

「子供を産んで」はセクハラか

二〇一八年五月、ある自民党の国会議員が内輪のパーティーで、「結婚披露宴に出席した際には、必ず三人以上の子供を産み育てていただきたいと呼び掛けている」と言ったことがセクハラだと非難されるということがありました。

人口を増やすには夫婦一組につき二人の子供では現状維持にしかならず、最低三人は必要です。国家にとって国民数を確保することは非常に重要なことです。人口増なくして国家の繁栄は無く、逆に極端な人口の減少は国家の危機ともいえます。

つまり「三人以上産んでほしい」という発言は、一億二千万の人口が二〇五〇年にはー億人を切るとも予測されているわが国の国政を担う国会議員の発言として、きわめてまっとうなものではないでしょうか。しかも公式発言ではなく、内輪のパーティーでの発言です。こんな発言まで批判されなくてはいけないのでしょうか。

批判者は「すべての夫婦が子供を望んでいるわけではないし、中には欲しくてもできないカップルもいる」「そもそも結婚した女性が全員子供を産むという前提がおかしく、女性は子供を産む道具ではない」ということを、「セクハラ」の一語に込めているようですが、そこまで気を遣わなければいけないのなら、もう子供を産むという話題に関しては何も言うことはできません。

ところで某議員にも一言言わせていただくと、国会議員なら「子供を産んで」という発言をする前に、「子供を産みやすい環境」を作ることに精進してもらいたいと思います。それを行なった上で、堂々と「子供を産んでほしい」と言ってください。

ただ、繰り返しになりますが、言葉尻を捉えて、なんでもかんでもセクハラだと非難するのはうんざりです。この調子でいけば、子宝と子孫繁栄を祈る「数の子」も、セクハラだと言っておせち料理から排除される日も近いかもしれません。

（2018/05/25）

ミスコンにオッサンが応募?

差別に敏感な人たちのクレームというものは、しばしば常識から外れている気がしないでもありません。二〇一五年十月、香川県は県産ブランド米をPRするためのイメージガールの募集要項を外部からの指摘により大幅に変更したそうです。

記事によると、当初は「十六歳以上の色白で透明感のある女性」としていましたが、これでは「容姿が条件となっているような誤解を招いた」として、色白や女性などの条件を外したということです。また、「イメージガール」も「PR大使」と言い換えることになったそうです。というわけで、私のような五十九歳（執筆当時）の小太りの脂ぎったハゲオヤジでも応募できるようになったわけです。もっとも私が予選を勝ち抜けるかどうかは大いに疑問ではありますが。

県は「容姿が条件となっているような誤解を招いた」としていますが、これは多分、誤解ではないと思います。新米のPRには白米のような色白でフレッシュな女性がうってつけだと誰もが考えるのは当然だからです。現在の法律では、会社などが従業員を採用するにあたって、募集の段階での性別や年齢の制限ができないそうです。「エレベーターガール」や「リフトマン」などの名称も性別を限定するため使えないそうです。

あるメーカーに勤める友人は、「ショールームの受付に若い女性を採用しようと思っても、法律で『三十歳までの女性』と条件を付けることができないので、五十五歳の男性にも面接試験に来てもらった。採用確率〇パーセントなのにご足労願うのは本当に申し訳ないが仕方が無かった」と言いました。しかし、この面接に行く五十五歳の男性も何を考えているんだとは思いますが。

こうした法律が本当に求職者や労働者のためになるのかを見直す必要もあると思います。映画のヒロイン募集はどう考えても女性限定です。今回の件もイメージガール募集の文言は外す必要はありません。色白とかフレッシュは自分がそうだと思ったら応募したらいいのです。

こういうことを言うと、反対派は「香川県という自治体が募集するのだから、民間と同列には論じられない」と必ず言います。たしかに行政サービスで差別をすることがあってはいけませんが、たかだか米のＰＲにいちいち文句をつけるのはどうでしょうか。それでもどうしても素敵なイメージガールが気に入らないのなら香川県の米を買わなければいいだけの話です。


（2015/11/06）

欧米でも「差別反対」

こうした流れは世界的なもので、最先端はやはりアメリカのようです。

二〇一八年、米国のミスコンテスト「ミス・アメリカ」が、今後は出場者を容姿で審査しないと発表しました。ミス・アメリカ機構の女性理事長は「私たちのコンテストはもはや美人コンテストではなく、(単なる)コンテストだ」とし、全米五〇州からの出場者が審査されるのは「社会に影響をもたらす取り組みについて語る内容」だと言っていますが、それなら「ミス・アメリカ」の看板はさっさと降ろすべきです。

「ミス」コンテストは美を競うコンテストとして認知されており、女性理事長が求めているものとは大きく乖離《かいり》するからです。また、人間性を量るのはいいとして具体的にはどのように審査するのでしょうか。会話形式の面接では顔が見えてしまい、先入観が入りますので出場者は全員ニカブ(ムスリムの女性が目以外の顔を隠すために使う布)着用にしなければいけません。いや、顔だけでなくスタイルも容姿の上では重要な要素ですから、全身を隠す必要があります。そうなると、もう審査は壁を挟んでするかあるいは電話でするかしかなくなってしまいます。いや、美しい声は有利なので、ネットのチャット形式で会話すべきかもしれません。

「人間を容姿だけで順位付けするのはナンセンスだ」という考えから今回の決定になったようですが、「容姿が優れている」と言うのも、「勉強ができる」「運動ができる」というのと同じひとつの才能と考えてもいいのではないでしょうか。

入学試験は知力を競う場ですから、その点数のみで合否が決定します。入学試験に落ちたからといって「バカを差別するな！」と叫んでも誰も相手にしてくれません。それと同様に容姿を競う場があってもよく、そこでは容姿を最重視するのは当然です。落選者の「ブスを差別するな！」に過剰に反応する必要はないのです。

実はこの理事長はセクハラ告発運動「#MeToo」の推進者だそうで、今こそ注目されるチャンスだと考えたのかも知れませんが、いたずらに女性蔑視や女性復権を叫ぶ姿はただのヒステリーとしか思えません。

(2018/06/16)

美女のキスも禁止

アメリカのミスコンテストに似た話はフランスにもありました。

二〇一八年五月、有名な自転車レース「ツール・ド・フランス」の優勝者にセクシー美女たちが表彰台でキスを贈る慣行は性差別を助長するとして、パリ市がこれを廃止しようとしているというニュースがありました。

これは「女性が見かけだけ良くても知性に欠けるイメージになってしまうことに対して問題あり」としたものだそうですが、表彰式での彼女たちを見て、誰がそんな風に考えるというのでしょうか。人間に上下をつけたがる「差別主義者」以外は、「きれいなオネエちゃんにチューされて、ええなぁ」くらいにしか思いません。少なくとも私は。ツール・ド・フランス同様、自動車レースの最高峰「F1」でもスタート位置にモデル風の美女を立たせる「グリッドガール」の廃止が発表されています。こちらも容姿の整った若い女性のみが務めることへの反感を恐れたものでしょう。差別はあってはならないものですが、サーキットでは「小太りのヘチャむくれ」より「スラッとした美女」の方が絵になるのは仕方が無いことです。これは差別ではなく適材適所の人員配置です。

これらの話を聞いて思い出すのは、かってテレビでも放送されていた「小人プロレス」のことです。これは身長が伸びない低身長症の人たちがレスラーとなって闘うもので、プロレスとは銘打っていますが、本格的な格闘技というよりは笑いありの気楽に楽しめるショー的要素が強いものでした。人気レスラーともなるとアイドル並みの人気で、それなりの収入も得ていました。しかし、人気が出てくるにつれ、彼らを見世物にするのはいかがなものか、障碍者差別はあってはならないという「人権主義主張者」が現れ、やがて彼らは表舞台から消えていくこととなったのです。それは同時にそれまで自らで稼げていた職を一方的に奪われることを意味していました。そして「人権主義主張者」が代わりの生きる手段を用意してくれることは一切なく、低身長症の人たちはただ仕事と収入の手立てを失っただけでした。

要は自分が低身長症の人たちを見たくなかっただけで、彼らの人権なんかどうでもよかったのです。自らの思いを遂げるために彼らを犠牲にしたのも同然でした。今回のことも女性の権利、地位を守るためと言いながら、せっかく得た職を取り上げるようなことが本当に女性の利益になるとは思えません。表面だけの差別撤廃では、本当の平等とは言えないのです。

(2018/05/18)

伝統とバリアフリー

京都市が世界遺産に登録されている二条城敷地内の砂利道を舗装することにしたというニュースがありました。その理由が訪日観光客の「砂利道だとベビーカーや車椅子での移動がしづらい」という声に対応するためだというのですから呆れてしまいます。

観光都市である京都が、訪れるお客さんの利便性を考慮するのは当然だとしても、それを最優先する必要はありません。二条城は現在の砂利道を含めた全体が世界遺産となるほど素晴らしいのであって、その景観イメージを大きく変えることは本来の二条城を否定することになってしまいます。京都市は今まで国内の他の地域に比べて厳しい景観条例を制定し、街の佇まいを守ってきました。それこそが本当の京都を求めてやってくる観光客への最高のおもてなしになると考えていたからです。それを目先の訪問者数に目がくらみ捨て去るとは、世界に誇る日本有数の観光都市京都の矜持《きょうじ》は一体どこにいったのでしょう、残念でなりません。

現在改修中の名古屋城にもバリアフリー化のために天守閣にエレベーターを設置しろという声が寄せられています。それに対し河村たかし名古屋市長は築城当時の再現を優先させることを理由に拒否の姿勢をみせています。クレームをつけてくる一部の人たちの執拗さは想像に難くありませんが、それにいちいち反応していては、本質を見誤ってしまいます。時として名古屋のように毅然とした態度をとることも必要です。

バリアフリーの最優先ということで、万里の長城にも長すぎて移動が大変だからと

「動く歩道」を、イタリア・アマルフィにも急坂を上るための「エスカレーター」を設置すれば、観光客はどう思うでしょうか。京都が京都らしくなくなったら、いくらバリアフリー化を進めようと観光客は見向きもしなくなるでしょう。

(2019/02/15)

バス運転手の葛藤

二〇一九年二月、千葉県松戸市の路線バスが、車椅子の男性の乗車を拒否したというニュースがありました。始発停留所で出発のために時間待ちをしていたバスに、車椅子に乗った男性が近付き、付き添っていた女性が運転手に乗車したいと伝えましたが、運転手は車椅子に対応するスロープや固定ベルトなどの準備に時間が掛かり、男性を乗せると定刻発車ができなくなると考え、「あと三十秒で発車なので無理です。ごめんなさい」と伝え乗車を拒否したのです。車椅子の男性は十分後発のバスに乗車しましたが、その際、そのバスの運転手が前のバスに乗らなかったことを不審に思い理由を聞き、会社に報告したことで今回の出来事が発覚しました。

このニュースが流れるやいなや、「優しさのかけらもない運転手だ」「障碍者を差別するな」などの非難が殺到しているようですが、拒否をした運転手さんだけが一方的に悪者になっていることには違和感があります。なぜならこの運転手は「ごめんなさい」と言っていましたし、決して差別や意地悪をしたわけでなく、定時運行を優先させただけだからです。その背景には少しでもバスが遅れたら文句を言う乗客がいて、常々会社から時間通りに走らせることを指示されていたことは想像に難くありません。

日本の公共交通機関の定時運行率は世界一で、人々はそれを当たり前のこととして受け止めています。遅延の理由が不可抗力の渋滞であっても、運転手が降車客に「到着が遅れてすみませんでした」と謝る国は日本だけでしょう。

バス会社は「ほかの乗客に状況を説明した上で、遅れてでも乗車対応すべきだった」と言い、運転手は「誤った判断をした。時刻より前だったので、当然乗せるべきだった」と話しているそうですが、それを可能にするにはもう少し社会に寛容さが必要でしょう。ちょっとしたミスや勘違いを大げさに騒ぎ立てSNSで発信されるような世知辛い世の中のうちは難しいのかもしれません。

(2019/03/15)

動物の権利

動物の権利について敏感な人もいます。二〇一六年十二月、日本中央競馬会が、レース中に騎手が使うムチを国際規格に合わせ、競走馬への負担が少ない衝撃吸収素材のパッドを付けたものに変更するというニュースがありました。

競馬では馬に頑張らす（スピードアップさせる）ときにムチで叩いて合図を送ります。合図といっても馬は痛いから反応するのでしょうから、国際規格とはいえ痛くないムチが果たして役に立つのかいささか疑問です。

変更の理由は、海外での競馬は動物愛護の観点から既に新型ムチの使用が義務化されており、それに倣ったとしています。しかし、よく考えてみれば、別に走りたがっているわけでもない馬を、人間の都合で無理やり走らせておいて「動物愛護」もなにもあったもんじゃない、と思うのは私だけでしょうか。

(2016/12/16)

＊

二〇一八年十月には、熊本市内では最大級の神事、藤崎八旛宮秋季例大祭の奉納「飾り馬」が動物虐待だとして非難されているというニュースがありました。「飾り馬」は馬が後ろ足を蹴り上げるパフォーマンスが人気となっており、そのためにムチを振るうことがダメだというのです。確かに動物が叩かれたり、恐怖を与えられている光景は見ていて気持ちのいいものではありません。自然界の動物は自らが生きるためにのみ相手を苦しめるのに対し（これも結果的にであって、苦しめるのが目的ではありません）、人間だけは「楽しむ」という欲求で同様の行為を行ないます。趣味の狩猟などはその最たるものです。そこには人間こそが万物の霊長だという傲慢さがあふれています。

「動物虐待はやめよう」に異論はありません。しかしそれが絶対的に正しいとばかりに、他者の文化、歴史を全否定し、なんでもかんでも噛み付く姿勢には違和感を覚えます。

九月には新江ノ島水族館で行なわれたセーリングW杯の開会式で、海外選手らにイルカショーを披露したところ、不快だとの声が上がって日本側が謝罪したこともありました。批判者の目にはイルカの自由を奪い、無理やり曲芸させている虐待だと映ったようです。なるほどそういう見方もあるでしょう。ならば、競馬で騎手が最後の直線でムチを振るうこと、犬の首に鎖をつけること、鶏を小さな鶏舎に閉じ込めて卵を産ませることも同様に非難するべきです。言いやすいところばかりに文句をつけるのでは、自分の動物愛護精神に自己満足しているだけにしか見えません。

こんな状況が続けば究極の動物虐待とも思えるスペインやメキシコの闘牛にも、刺さらない剣や槍を使用するということになるのかもしれません。もちろんその場合、牛の角も安全なスポンジ製にする必要があります。

（2018/10/05）

3　そのクレームは誰のため？

ノイジーマイノリティ

行政のみならず、近年、こうしたクレームに企業が過剰反応することは珍しくありません。二〇一六年秋、大手化粧品会社の資生堂のCMがネット上のクレームにより中止に追い込まれるといったことがありました。

一つのバージョンは、二十五歳の誕生日を迎えた女性が、女友達に「今日からあんたは女の子じゃない」「もうチヤホヤされないし、褒めてもくれない」と言われるシーンがあるCM。もう一つは、疲れた顔しているOLが男の上司に「疲れた顔しているうちはプロではない」と注意され、その後、ばっちりメイクした彼女を上司が見直すというシーンがあるCMです。このCMが「女性差別」というクレームで中止になったのです。私のような古い人間には何が女性差別なのか意味が分かりません。

前者のCMでは、「女は若くなければ価値がない」と言っているように捉えた人がいたかもしれませんが、このCMはむしろ逆です。というのも、女友達に「可愛いをアップデートできる女になるか、このままステイか」という問いを投げかけられ、みんなで「アップデートを選択する」、つまり、年齢を重ねてさらなる魅力を自ら獲得しようとポジティブに宣言しているCMだからです。後者のCMもメイクの素晴らしさを訴えたものので、差別意識はありません。

インターネットの発達によって誰でも自由に意見を発表できるのは悪いことではありません。しかし、偏った自分の意見を強引に押し付けるのは勘弁してもらいたいものです。コマーシャルは商品を売るために作っているのですから、それが気に入らないのなら買わなければいいだけなのに、それでは飽き足らずいちいち文句をつけるのは自己欲求を満たす為だけの行為にほかなりません。いまもどこかで「資生堂のあのCMを中止にしたのは自分だ」とほくそ笑んでいる人がいると思うと気持ちが悪いものです。

世の中で、万人に受け容れられるものはほとんどありません。賛成派がいれば反対派がいますし、好きな人がいれば嫌いな人もいるのです。どんなに素晴らしい作品でもケチをつけようと思えばできますし、事実そういう人たちは必ず存在します。

近年あらゆることでノイジーマイノリティに過敏になりすぎているように感じます。一つの例としてテレビ番組の言い訳テロップがあります。クレームが来たら大変とばかりにバラエティー番組で食べ物を使って残りが出た場合は、「スタッフがおいしくいただきました」（食い散らかしたり、ぐじゃぐじゃにした後の冷めたものが旨いわけないやろ）、旅行番組で温泉への入浴時にタオルを巻いて入る場合、「撮影のためタオルを巻いてます」（あたりまえやろ、丸出しやったら放送できんわ）、コマーシャルでワイドショーのような設定でコメントを読む場合、「これはCMです」（アホやないねんからわかっとるわい）。つっこみどころ満載の番組が出来上がってしまうのです。

批判を恐れる製作者が作った慎重になりすぎた、言い訳だらけの当たり障りの無い、平々凡々とした番組が面白いわけありません。地上波のテレビがつまらなくなったと言われる理由もそんなところにあるのではないでしょうか。無責任なクレーマーたちの言動が日本の文化をどんどん衰退させていくのは残念であり悲しいばかりです。

そのうち映画や小説のシーンにもクレームがついて、上映禁止とか出版禁止とかの時代が来るかもしれません。

（2016/10/21）

ふとももはタブーか

二〇一八年三月、クレームによって、東京の百貨店で開催予定だった写真展が一週間前になって急遽中止になりました。中止の理由を主催者側は「諸般の事情」としていますが、本当のところはどうも外部からクレームがつけられたようなのです。

写真展のタイトルは「ふともも写真の世界展」といって、女性のふとももだけを撮った写真の展覧会でしたが、その中に女子学生など未成年を連想させるようなものが含まれており、それがけしからんということのようです。世界的に児童ポルノが問題となっておりその類のものの排除は当然ですが、なんでもかんでも拡大解釈して規制をかけていたのでは、表現の自由もなにもあったものではありません。

芸術、アートは人それぞれに受け止め方が違います。今回は展覧会形式ですので気に入らなければ見に行かなければいいだけのものを、あたかも我こそは正義だというようにして、主張を押し通すのはどうかと思います。主催者側も展示内容は事前にわかっていたはずです。それをふまえてゴーサインを出したのなら、一部のクレームにより取りやめになどする必要はありません。楽しみにしていた人たちのためにも自信をもって開催すればいいのです。

万一、納得して中止を決めたのならその理由もオープンにするべきです。ひとつのイベントの陰には多くの人の尽力があります。それがその人たちへの最低限の礼儀だと思います。今日もテレビではミニスカートから大胆に足を晒したアイドルたちが唄い踊っています。そのうち彼女たちもモンペを穿かされる時代が来るかもしれません。

（2018/03/09）

遺族を傷つけるな

二〇一七年七月、愛知、岐阜両県の鉄道駅に掲示中の自殺防止ポスターに、自殺をした人の遺族を支援する団体からクレームがつきました。

このポスターは名鉄がＪＲや近鉄、名古屋市営地下鉄に呼びかけて作ったもので、スローガンの「ＳＴＯＰ自殺」の文字や相談電話の番号のほかに、「鉄道での自殺は、大切な命が失われるだけでなく、鉄道を利用する多くのひとの安全や暮らしに関わってきます」との文章が書き込まれています。この文言の中に「身近な人の自死を防げず、自責の念に駆られている自殺者の遺族」とあるのが遺族を傷つけるというのがクレームの理由です。また、効果についても「『世間に迷惑をかけるからやめよう』と当事者が考えるだろうか」と疑問を呈しています。

鉄道各社はこの苦情を受け、撤去の動きも出たそうですが、なんだか釈然としません。

自らの命を絶つにはそれ相応の理由があり、極めて不幸なことだとは思いますが、だからといって他人に迷惑をかけていいわけではありません。

ひとたび人身事故が発生すると、一斉に電車が止まり何千何万という人に影響がでます。中には大事な商談を逃したり、大切な人との約束を守れなくなった人もいるでしょう。また、運休ともなれば、鉄道会社にとってもその損害は莫大なものとなります。それに、バラバラに飛び散った肉片を拾い集めて掃除するのも鉄道会社の職員です。

鉄道会社も人が亡くなっているだけに、その遺族に損害を請求するのは心苦しいでしょう。今回のポスター作成の意図には、自殺を止めたいことはもちろんですが、「せめて鉄道自殺はやめてよ」という気持ちがあったのではないでしょうか。たった一人の自殺者のために、多大な迷惑を被る鉄道会社にしてみれば、「死ぬならよそで」と思ったとしても責められるものではありません。

たしかにクレームの指摘にあるように、自殺を決意するまで思いつめている人がこのポスターを見て自殺をやめることは少ないのかもしれません。しかし残された家族が賠償金請求をされると気がついたら、少なくとも鉄道自殺はやめる可能性はあるでしょう。その部分では、今回のポスターには一定の効果は見込めるのです。

支援者たちは「かわいそうだから、遺族が嫌そうな物はすべて排除してあげよう」と考えての今回のクレームかもしれませんが、一般利用者や鉄道会社も被害者だということを少しは理解する必要があるのではないでしょうか。

(2017/07/28)

痴漢の権利?

前述のクレームと似たようなケースは他にもあります。愛知県警鉄道警察隊が二〇一八年度「痴漢撲滅キャンペーン」のために作ったポスターが批判を受け、県内の駅などに貼り終わった五百枚すべてを撤去することになったというニュースがありました。

このポスターは見出しに「あの人、逮捕されたらしいよ」とあり、それに対して「性犯罪者じゃん」「仕事もクビになるよねー。家族も悲しむだろうなあ」という若い女性の言葉が会話形式で続くものとなっていますが、その会話がダメということになったそうです。いったいこの会話のどこがいけないのかと思って記事を読み進めていくと、そこにはなんとも杓子定規な理屈がありました。「刑事裁判では推定無罪が原則なのに、逮捕されただけで犯罪者として扱うのは誤解を招き偏見を助長する」というのです。

確かに法治国家では裁判で有罪が確定してはじめて犯罪者となります。しかし、そんなことはみんなわかっています。ポスターが訴えたかったのは、「痴漢なんかしたら人生台無し」ということです。それを厳しい表現を用いて啓発していただけです。

批判者は「あの人、痴漢で捕まったらしいよ」「ちょっと待って、でも裁判を受けて有罪となったわけじゃないから、責めるような目で見ちゃだめよ」「うん、わかった。いい人かもしれないもんね」なんてポスターのほうが良かったとでも言うのでしょうか。

有罪が確定するまでは絶対に「善人」として扱わなければならないのなら、新聞やテレビ、ラジオでの報道はどうなのでしょう。毎日全国で多くの刑事事件容疑者が逮捕され、報道されています。彼らも当然裁判前ですから犯罪者ではありません。にもかかわらず住所や職業、氏名がなんのためらいも無く晒されているのです。文句を言うのならポスターの中の架空の事件よりそちらが先ではないでしょうか。大きな流れには一切逆らわず言いやすいところだけ強気にでるのであれば、それがいくら正論であっても全然説得力はありません。

(2018/06/16)

迷惑駐車の権利?

度重なる無断駐車に業を煮やしたコンビニが、一風変わった防御策を施したところ批判を浴びることとなり、折角の妙案をあえなく諦めざるを得なくなったというニュースが二〇一七年の八月にありました。

東京都府中市のミニストップの店舗で、駐車場に駐めてある乗用車のボンネットの上に「ミニストップご利用者以外駐車禁止」と書いたコーンを載せ、後輪をロックした上で「はずして欲しかったら四万円ください」などと書いた貼り紙を貼ったのです。それを見た人がその写真をツイッターに投稿したところ、「不快」「やりすぎ」などのクレームが寄せられ、店は車を撤去することになってしまいました。

コンビニの駐車場は店舗で買い物や支払いをする人たちのものです。買い物をしない人に駐められてしまうのは迷惑以外の何物でもありません。ところが、このコンビニでは、近くでイベントが開催されるたびに無断駐車が相次ぎ、警備員を雇うなどしていたといいます。当然、費用も相当かかるでしょうし、本来の買い物客が駐められず、売り上げにも影響します。店としては我慢の限界だったのかもしれません。

実は後輪をロックした車は無断駐車の車ではなく、従業員が用意した車でした。つまり、あくまで注意喚起のデモンストレーション用だったわけです。いたって良識的でなんら非難されることではありません。私などはむしろ素晴らしいセンスを感じます。

今回のニュースで一番違和感があったのはツイッターを見た人たちの反応です。なぜ彼らは意見を求められているわけでもないのに、すぐさまクレームをいれるのでしょうか。なぜ実害を受けているのはコンビニの方で自分たちには関係ないことなのに、いちゃもんをつけるのでしょうか。不快ならば見なければいいだけなのに、それをいちいち文句を言ってくるなんていったい何様のつもりなのでしょう。

どうせいつものように無責任な匿名の言いっぱなしでしょう。死活問題の店側の身になったら勝手なことは言えないと思うのが当然です。客商売ということもあり、店舗は謝罪することになったのですが、感情で文句ばかり言う人たちに振り回されるのはどうも納得がいきません。

(2017/08/18)

非常食にもクレーム

世の中には、本来なら感謝すべきことに対してまでクレームをつけるバカがいます。

二〇一七年十月、JR東海は台風のため熱海駅で長時間停車していた東京発静岡行きの東海道新幹線「こだま」の乗客に、駅で備蓄する非常食のパンを配りました。いつ動くのかわからない車内ではこれほどありがたいことはなかったと思います。

ところが、せっかくのパンが賞味期限切れだったことで、ＪＲ東海が謝罪することになってしまったのです。

パンは五年間保存できる缶詰入りのパンで、賞味期限は八月十二日と二十日でしたから、約二ヶ月過ぎていたことになります。期日に気付いた乗客の指摘により発覚し、回収にあたりましたが、配った百二十八食のうち戻って来たのは十五食分だけでした。賞「味」期限とは品質が変わらずに美味《おい》しく食べられる期限のことで、期日が過ぎているからといって直ちに食べられなくなるものではありません。五年間（六十ヶ月）もの保存期間があるなら二ヶ月なんて誤差の範囲ではないでしょうか。当然、食べた人の中にお腹が痛くなったり体調不良を訴えた人はいなかったようです。

ところで、賞味期限とは、「美味しく食べられる期限」で、消費期限は「安心して食べられる期限」です。今回、ＪＲ東海が配ったパンは賞味期限が過ぎていただけで、つまり味が少々落ちていたにすぎないのです（実際に味が落ちていたかは疑問ですが）。今回配られたパンは非常時に対応する正に非常食だったのです。美味しいかどうかなんて二の次だったはずです。こんなことにまでいちいち目くじらをたてて、謝罪させたとは寂しい限りです。ちなみに私は消費期限を過ぎていても、自分の目と鼻と舌で判断して食べています。

（2017/10/30）

警察に文句を言うバカ

ある種のクレーマーが目の敵にしているのが警察や公務員です。福島県警本部では、二〇一六年二月から、勤務中の警察官が制服のままコンビニエンスストアで弁当や飲み物を買えるようにしたそうです。今までも規則での禁止はありませんでしたが、実際には制服姿での買い物はしないように指導していたそうです。

というのは、その姿を見た市民から「勤務時間中、職場を抜け出してきたのか」「勤務中にサボって買い物してもいいのか」といった声が寄せられたケースがあったからだというのです。

警察官や消防署員だってお腹がすけばご飯も食べるでしょうし、水も飲むでしょう。そりゃあ制服姿でマンガ雑誌を立ち読みしていたなら誰もが違和感を覚えるでしょうが、少しの時間に買い物をするくらい目くじらをたてて批判することではないはずです。

刑事ドラマでは、よく張り込み中の車の中で差し入れのアンパンと牛乳を食べる場面があります。クレーマー市民はそれも「サボって飲食するのはけしからん」と文句を言うのでしょうか。

警察官などの公務員に対して、なにかといえば「税金で給料をもらっているくせに」と言う人がいますが、そんなことを言う人に限って、たいして税金は払ってないものです。それはともかく、一般市民は特に料金を支払うなどの代償なくして公務員のサービスを受けているのですから、市民が客で、公務員が絶対的に市民の言いなりにならなければいけないという構図はありえません。警察官や消防隊員がコンビニで食べ物を買ったくらいでクレームをつけるのは、本当に狭量で心がひねくれすぎていると思います。

ちなみに制服姿の一目で警察官と判る人物が店内にいれば、それだけで犯罪の抑止にもなり、今回の福島県警の英断に、コンビニ側も大いに期待しているようです。

（2016/02/05）

高野連もクレーマー？

甲子園でもおなじみの野球強豪校、高知商業高校の野球部員がダンスの有料公演に出演したことが規則に違反した可能性があるとして、日本高等学校野球連盟が処分を検討しているというニュースがありました。

これは二〇一八年十二月に同校のダンス同好会が自分たちの練習の成果を広く披露する場を求めて開催した発表会で、そこに現役の野球部員がユニホーム姿でゲスト出演し、応援曲に合わせて打撃を再現するなどのパフォーマンスをしたものです。その際、観客から五百円の入場料を徴収していたことが学生野球の「政治的・商業的な利用」を禁止するという、いわゆるアマチュア規定に抵触すると捉えられたそうですが、あまりにも杓子定規な考え方に呆れてものが言えません。

この公演の主催はダンス同好会で、入場料五百円はそれで儲けようというものではなく、ホールの賃料などの経費に充てられていることは明らかです。ひょっとしたら入場料収入だけでは足りず、部員たちの持ち出しがあったかもしれません。もちろん野球部員もノーギャラで出演したことでしょう。ダンス同好会のメンバーは、昨年八月に野球部が出場した夏の甲子園でチアガールとしてチームを応援していました。野球部員はそのときのお返しとばかりに文字通り「友情出演」したのです。青春真っ只中の若者たちが、損得関係なしで自分のできることを精一杯協力し合う姿に、賞賛を送るどころかケチをつけるとは、高校生を支援する立場にある組織の行動とは到底思えません。

それに、どうしても有料公演がいけないというのなら、高野連も春夏の甲子園や地方大会で入場料をとるなよと言いたいです。現在甲子園の入場料金は一番高額な中央特別指定席が二千八百円、二〇一七年まで無料だった外野席でも大人五百円が必要となっています。自分たちは酷暑の中、高校生に野球をさせて莫大な金額を儲けながら、いったいどの口が言っているのでしょう。高校球児は自分たちの所有物だから他の者が勝手に使うのは許さん、とでも思っているのでしょうか。せっかくの高校生たちの青春の思い出を汚すようなことはやめてもらいたいものです。

（2019/01/25）

ドラマにコンプラを持ち込む人たち

私はかれこれ四十年ほどテレビの仕事をしていますが、その間、番組制作現場を取り巻く環境は大きく様変わりしました。かつては「楽しくなければテレビじゃない」をスローガンにしていた局もあったように、視聴者が楽しめることを第一に番組を作っていました。スタッフ各自が口々にとんでもない発想で意見を出し合い、大笑いしながら「さすがにそれはやりすぎだろう」なんて会議が進行したものです。それが現在では何をおいてもコンプライアンスを最優先させなければなりません。少しでも苦情が予測される企画はすべてボツになります。

「めちゃくちゃ面白いんやけど、不快に思う人がおるかな」「千人に一人くらいはいるかもしれません」「ほな、やめとこか」――こんな具合で作っているのですから、視聴者がテレビから離れていくのも仕方がないのかもしれません。それもこれも放送局が批判に対し過度に反応せざるを得ないようになったからです。

NHKで放送中の大河ドラマ「いだてん」に喫煙シーンが頻繁に出てくるのはけしからんと、「受動喫煙撲滅機構」なる団体が、謝罪テロップを流したうえ、受動喫煙の場面を今後放送しないようにNHKに申し入れたというニュースがありました。

「いだてん」は一九一〇年から一九六〇年代までの物語です。その頃は「嫌煙権」なんて言葉は当然なく、街のいたるところでタバコが吸われており、強大な市民権を得ていました。電車の中や駅など公共交通機関はもちろんのこと、今では考えられないことですが、映画館でも平気で暗闇の中にホタルのような明かりが灯っていたものです。「いだてん」の時代の街中にタバコがないほうが不自然なのです。

制作者はなにも喫煙を奨励しているわけではありません。大河ドラマはその時代考証がおかしければ即座に指摘されますので、より忠実に再現しているだけです。クレーム社会とは言われますが、いちゃもんもここまできたかという感じです。

こんなことを言われるのならかつての刑事ドラマの再放送なんて絶対にできません。毎週のように殺人事件が起きるだけでなく、シートベルトもせずくわえタバコでパトカーを走らせ、犯人逮捕のためには殴る蹴るのやりたい放題で、挙げ句の果てには街中で拳銃を撃ちまくるのですから、隙あらば批判をしようと手ぐすね引いている団体の格好の餌食になってしまうこと請合いです。

（2019/03/15）

教育現場のモンスター・ペアレント

愛知県立高校のサッカー部で、顧問と部員が相談の上作ったルールが保護者からの抗議で廃止されていたことがわかりました。

このルールができたのは二〇一一年ごろで、学期ごとの五段階評価の各教科成績で最低の「一」を取った部員は、頭髪を丸刈りにするというものでした。ルールを守らなければ練習には参加させてもらえません。保護者は「これでは丸刈りの強要と同じではないか。体罰禁止に反する」として抗議し、学校側も「部活を円滑に運営するために作ったルールだが、不適切だった。たしかに体罰ととられる可能性もある」とあっさり認め、二〇一六年度をめどにサッカー部にルールの廃止を命じたのです。

ルールが有効であった五年間に実際に丸刈りになった部員もいたといいます。この話を聞いて、今どきの高校生も捨てたものじゃないと思いました。学校のクラブ活動ですから、学校生活の延長線上にあります。いくらサッカーが上手《うま》くても学業をおろそかにするようではいけないと、自分たちで約束事を作るなんて見上げたものです。これはもう彼らが育んだ立派な伝統といってもいいでしょう。

それに対して、今回の親たちが取った行動はいただけません。小学生なら子供を守るために親が口出しすることも必要でしょうが、高校生が自分たちで良かれと考えて作った決まりごとに横槍を入れてやめさせるなんて子供たちの自主性をないがしろにするものです。十八歳が成人となる時代に彼らを子供扱いしてどうするのでしょう。

そもそも絶対評価を採用している高校ではまじめに授業さえ受けていれば、「一」なんて付くはずがありません。「一」しかもらえないのにはそれなりの理由があるはずです。自分の息子の不出来を棚に上げて文句を言う親はいつの時代にもいますが、今はクレームに弱い学校がすぐにそれに反応してしまうのが難儀なところです。高校生たちは敢えて自分たちに義務を課すことによって、高校生活の中での権利を勝ち取ろうとしていたんだろうと思います。かつてそんな思いでこの決まりを作ったであろう先輩たちは、ニュースを聞いてさぞかし落胆していることでしょう。

（2018/05/11）

注意喚起にもクレーム

二〇一八年五月、石川県の高校野球部で、監督が保護者からのクレームにより謹慎処分となったというニュースがありました。

この監督はノックの最中、集中力が欠けていた一年生部員に「ボールが頭に当たったら死ぬぞ」と注意したのでした。この言葉が問題となり、謹慎処分になったのです。「？？？」です。まるで意味がわかりません。この言葉の何がいけないのでしょう。

硬式野球のボールは非常に硬く、当たり所によっては本当に命にかかわる大ケガをするおそれがあります。高校野球の監督、顧問は選手の安全管理も担っていますので、これは脅しでもなんでもなく正当な注意喚起です。家庭科クラブで「包丁が頭に刺さったら死ぬわよ」とか、華道部で「剣山が頭に刺さったら死ぬよ」など、通常ではありえないことをことさら大袈裟に言ったわけではありません。

監督に言われた生徒はショックのあまり翌日から不登校になっているそうですが、どれだけ繊細なのでしょうか。「死ぬ」という言葉に恐怖や嫌悪感を持っているなら、そもそも野球部員は務まりません。一アウトは一死と書きますし、捕殺や刺殺、挟殺プレイなど物騒な単語が目白押しなのですから。

校長は「生徒の特性を十分に理解し、配慮のある指導に努めるとともに再発防止に取り組む」と話していますが、もう訳が分かりません。今後は「お坊ちゃま、ボールが万一当たると痛うございますから避けてくださいませ」とでも言うつもりなのでしょうか。

保護者からのクレームということで学校側は迅速に対応して、誠意を見せようとしたのかもしれませんが、間違ったクレームに対しては断固としてはねのける勇気も必要です。それとも報道されていること以外に監督の言動に何か問題があったのでしょうか。もしそうならマスコミもそこまでちゃんと記事にして欲しいものです。

今回の記事内容だけなら百人中百人が「なんて親だ」と思うことでしょう。この処分は県高野連まで報告されているようですが、もし報道通りのことだけが原因だったのなら、即刻処分解除の勧告を出すべきです。モンスター・ペアレントの言いなりになっていたら、そのうち盗塁のサインをだした監督に「真面目に育っているウチの子に盗みをそそのかした」なんて言う親が出てきかねません。

(2018/05/18)

育児の権利

自民党の三十四歳の男性衆議院議員が育児休暇を取りたいと申し出たことがニュースになりました。この議員は同党の女性議員と昨年二月に結婚し、今年（二〇一六年）の二月に出産予定だそうです。女性議員は出産するわけですから、当然産休にはいります。それと同じように父親である男性議員も国会を休もうとしているのです。

最近では子育てをする男性のことを指す「イクメン」という言葉もすっかりと定着してきました。ちなみにこの「イクメン」は、民主党政権下で少子化を打開するために男性も育児休暇を取りやすい雰囲気を作ろうと当時の長妻昭厚生労働大臣がはやらせた言葉です。父親も母親と一緒になって子供を育てることには何の異論もありませんが、これが国会を休んでまでとなるとちょっと違うんじゃないかなと思います。

国会という国の未来の方向を決定する重要な場を、個人の都合でそんなに簡単に休んでもいいのでしょうか。実際に出産する女性議員は肉体的にも休まざるを得ませんが、男性は自分の意思次第です。議員が率先して育休をとれば民間もそれに倣って取りやすくなると言う人もいますが、はたしてそうでしょうか。

ほとんどの会社は利益を上げるためにぎりぎりの人員で運営されています。育休を望んでいても言い出せない人も多いはずです。それをいかに取りやすくするのか、法律を作ってでもなんとかするのが議員の仕事のはずです。休みのお手本を示すことに意義があるなんて間違っています。本気で男性の育休を目指すなら、議員立法でやるべきです。

そもそも男性の育休は、核家族化が進み地域のコミュニティも希薄になった現代、母親一人では育児に対応しかねるので父親もぜひ一緒に、という趣旨だったものです。また、そのために仕事を休むと収入が途絶えて生活ができない、その矛盾を制度として解決しましょう、「だから安心して子供を産んでください」というものだったはずです。

ところが、この議員夫婦は二人合わせて歳費だけで年収四千万円以上あるのです（文書通信交通滞在費を含めると六千万円以上！）。これだけあれば、なにも父親が手伝わなくてもベビーシッターを雇えば済む話ではないのでしょうか。

こういうことを言うと、子供を育てるという一大事を、仕事を理由に放棄するなんてナンセンスと言われるかもしれません。たしかに議員を一般的な職業と捉えれば育休もありなのかもしれませんが、さきほど言ったように国会議員は一般の労働者ではないのです。議員の中でもこの問題については賛否両論があるようです。

ただ議員の皆さんにこれだけは言っておきたい。国会議員には定数があります。これは最低この数だけは必要だと判断して決められているのではないのですか。それが育休で欠けてもいいくらいの軽い数字なら、以前から言われている議員定数の削減を即刻行ない、別に大勢に影響の無いどうでもいい数を減らして無駄遣いをやめるべきです。

（2016/01/08）

（※この議員は、妻が出産で実家に戻っているときに、不倫相手の女性を自宅に泊まらせているところを週刊誌に写真を撮られ、スキャンダルになって議員を辞職しました。結果的に育児休暇をずっと取れることになったわけです。）

（※なお、二〇二〇年一月、小泉進次郎環境大臣が妻のクリステルさんの出産後、三ヶ月の間に二週間の育児休暇を取ると宣言しました。三ヶ月もあれば、その程度の休みくらい公務の間に取れるのではないでしょうか。それとも公務を休みたいというのでしょうか。これに関しては父の純一郎氏も「進次郎は休んで何をするのか！」と怒ったといいます。ちなみにクリステルさんの資産は三億円で、それだけの金があればベビーシッターは何人でも雇えます。）

五月病と人権

新年度が始まりまもなく二ヶ月が経過しようとしていますが、毎年この時期になると一部の新入社員には五月病や六月病と呼ばれる症状が出てきます。

自分がイメージしていた理想と現実とのギャップに戸惑ったり、頑張り過ぎてエネルギー不足になってしまうことが主な要因だといわれています。「病」という字がついていますが、これは肉体的な疾患によるものではなく精神的なダメージが行動に現れるものです。かつては当人の気の持ち方次第でどうにでもなるとして自己責任とされていましたが、最近では重症化すると、労災認定され労働者保護の対象となることもあるようです。サラリーマンに対しては随分とやさしくなったものです。

日本ですら、このように労働者が守られるのですから、個人の権利を大いに尊重する国、フランスではもっとすごいことになっているというニュースが二〇一六年の五月にありました。香水会社に勤めていた四十四歳の男性社員が、自分が退職に追い込まれたのは上司のせいだとして損害賠償請求を起こしたというものです。

男性は自動車の運転中にてんかんの発作が起き、交通事故を起こし、その後七ヶ月の病気休暇をとった後に、解雇されました。彼は自分がてんかん発作を起こしたのは、「燃え尽き症候群」の反対である「退屈症候群」によるもので、上司によって会社での仕事をどんどん減らされたことが原因だとしています。具体的には「一日の仕事は二十分から四十分」で終えてしまっていたとし、「もう何に対してもエネルギーを失ってしまった。何もしないで給料をもらうのは罪であり恥だと感じていた」と訴えています。

仕事が多すぎて身体を壊した、最悪のケースでは過労死したとして訴えることはよく聞きますが、今回はそのまったく逆です。暇で暇でしょうがないことが原因で身体に変調をきたしたというのです。ふつうなら「毎日、楽チンで言うことないわ」と喜ぶところですが、この社員はどれだけ労働意欲にあふれたまじめな男なのかと感心しました。

是非、訴えが認められ、できることなら職場復帰できたらいいのにと思いましたが、現実はなかなかきびしく勝てる可能性は非常に低いようです。というのは、男性は以前、会社は自分を働かせ過ぎだとして、労働審判所に提訴したことがあったからです。

彼はどんな状況でも常に不満を持つ、ただの「文句言い」だったことが既に知られていたのです。

（2016/05/20）

第二章　やっぱりSNSはバカ発見器

世はSNS（ソーシャル・ネットワーキング・サービス）が花盛りです。簡単に言えば、会員向けのサイトに発信できるネットシステムです。会員と言っても、料金無料で誰でも入れて、会員同士が直接やり取りできるものも多く、しかも匿名も可能です。

有名なSNSでは、ツイッター、フェイスブック、インスタグラムなどがあり、今や若者のほとんどが上記のいずれかをやっていると言っても過言ではないでしょう。中には全部をやっている人もいるでしょう。

しかしこのSNSのお陰で、これまでの社会では世に出ることがなかった「バカ」が大量に発掘されるようになりました。いや、発掘は正しい表現ではありません。これらの新種のバカは、自ら穴の中から這い出てきたのですから。

いまやSNSの別名は「バカ発見器」です。

1　自己顕示欲の化け物

画面の中の露出狂

便利な機能が出来ると必ずそれをよからぬことに使う輩が現れるのは困ったものです。スマホで写真を共有できる機能を使い電車内で近くの乗客にわいせつ画像を送り付けたとして、大阪府警堺署に四十五歳の会社員の男が府迷惑防止条例違反容疑で書類送検されました。この男は女性の恥ずかしがる表情を見るために、電車内で二〇一七年末ごろから週二～三回のペースで米アップル社のデータ共有機能「AirDrop」を使っていかがわしい画像を送っていました。

私はこのニュースで初めて知りましたが、この機能は、相手のアドレスがわからなくても、受信ＯＫの選択をしている機器には一方的に画像を送れるようです。ところがその日はお目当ての女性ではなく、そばにいた三十六歳の男性のスマホに画像が飛んでいってしまい、驚いた男性が不審な動きをしていた男のスマホを確認し問い詰めて犯行を白状させました。

男は半年以上画像送りを続けていましたが、どれだけ気に入って狙いをつけた女性でも受信不可のスマホでしたらどうしようもありません。いままでも毎回成功していたわけではないでしょうが、今回は正義感の強い男性がそばにいたことが運の尽きでした。

痴漢といえば直接的に身体を触ったり、自らの物を見せ付けたりするものがほとんどでしたが、ついにこの分野にもＩＴ化の波がやってきたようで、よくもまあ、これだけ次から次へと手を替え品を替えハレンチ事件が続くものです。まさに「世に変態の種は尽きまじ」です。

(2018/09/10)

スマホとヒンズー教

スマホといえばゲーム「ポケモンＧＯ」が世界中で大流行したのも記憶に新しいところです。人気の秘密は、いま自分が見ている景色のなかにモンスターが出現し、現実と架空の間を感じさせない臨場感だそうで、そのために夢中になりすぎて立ち入り禁止の場所への侵入や交通事故などの問題も発生しているようです。

そんな大人気の「ポケモンＧＯ」ですが、インドでは国内でのゲーム禁止を求める申し立てが裁判所に行なわれたというニュースがありました。その理由はわれわれ日本人から見たらなんとも滑稽なものでした。それは「ポケモンＧＯ」がヒンズー教徒など宗教上の理由で菜食主義をとっている人々に「卵」を与えてその信仰を冒瀆しているというのです。具体的には「ポケモンＧＯ」がプレーヤーに「モンスターの卵」を集めさせ、卵の入手スポットに宗教施設を利用していることが納得できないそうです。

認識不足でしたが、菜食主義者は動物性のものを食べるだけでなく手に入れることさえも許されていなかったようです。それが架空の「モンスターの卵」でもです。

信仰心のあついインドの人々さえも夢中にさせる「ポケモンＧＯ」、まさに恐るべしといったところでしょうか。それにしても、今回の件で日本のバーチャル（仮想空間）技術が、もはや現実を凌駕しているとわかったことは非常に痛快でした。（2016/09/16）

おでんツンツン男

愛知県常滑市のコンビニ店内で販売中のおでんを指でつついた二十八歳の男が器物損壊と威力業務妨害の疑いで逮捕されたというニュースが二〇一六年十二月にありました。

これこそ最高のバカです。若者といっても二十八歳の嫁も子供もいる男が、営業中の店内で「おでん、ツンツーン」と言いながら嬉しそうに指でおでんをつつき、その様子を自らインターネットのサイトに投稿したのです。それだけでも呆れますが、もっと呆れることは、この男は動画を見た人たちから一斉に非難されることすら楽しんでいました。自分が話題になることがなによりも嬉しかったようなので、まさに完全な異常者です。もしかしたら、今、私がこのことを文章に書いていることすら、彼を喜ばすことになっているのかもしれないと思うと複雑な気持ちです。

常人の感覚を持っていない人間ほど恐ろしいものはありませんから、店員が「怖くて止められなかった」というのもわかります。さすがに逮捕されてからはいたく落ち込んで反省しているそうですが、遅すぎます。ここは実刑を含めた厳罰に処してもらいたいものです。そして、その刑罰内容もしっかりと報道してもらいたいと思います。そうでないと、日本中に潜伏しているバカ予備軍がまたぞろ現れてきてしまいます。

（2016/12/23）

シャブバカ夫婦

ついにここまで来たのかというとんでもない事件がありました。二〇一七年九月、覚醒剤に似せた袋入りの白い粉を警察官の前でわざと落として逃げた夫婦が、警察の業務を妨害したとして福井県警に逮捕されました。その内容というのが、もう信じられないほど馬鹿げた行為なのです。

三十一歳の夫がＪＲ福井駅前の交番前で、覚醒剤に見せかけた白い粉末を入れたポリ袋を男性警察官の前で故意に落とした後に走って逃げる様子を、二十八歳の妻が撮影していたものです。粉末は実際には砂糖でしたので、このバカ男も追跡した警官に捕まったあとに事情聴取をされただけで、そのまま帰宅を許されました。ここで反省しておとなしくしていればまだマシだったのですが、バカはどこまで行ってもバカです。妻が撮影した動画をあろうことかYouTubeにアップしたのです。

この動画は百二十万回以上も再生され、警察も彼らの悪質さについに逮捕に踏み切りました。男は取り調べに対し職業を広告業、ユーチューバーと名乗ったそうです。

度を越したイタズラを「ドッキリ」というおちゃらけた言葉で簡単に片付けることは許されません。警察も今後、マネをする第二、第三のバカが出てこないようにこんな奴らはすぐさま逮捕して、徹底した罰を与えるようにしなければなりません。金になる「面白いこと」とは他人を楽しませることであって、自分が楽しいことではないのをいくらバカでも知らなければなりません。

（2017/09/15）

欧米のバカ

前ページのようなバカは今や世界中にいます。アメリカの十代の若者の間では「タイド・ポッド・チャレンジ」なるものがSNS上で流行しているそうです。「タイド・ポッド」とは洗剤メーカーが販売している洗濯用ジェルボールの商品名で、彼らはそれを口に入れ、軽く嚙み潰して喜んでいるのです。アメリカは訴訟社会で、なにかというとすぐに訴えられるといいます。洗剤でも「説明書に食べるな、と書いていないから食べてしまった」なんて言いがかりをつけられては大変ですので、メーカーにしてもそんなとんでもない遊びに自社の商品名を使われ、さぞ迷惑していることだと思います。

YouTubeなどに投稿されたそれらの動画は瞬時に世界中に配信され、面白がってマネをする愚か者が続出しているようです。残念ながら日本でも「洗剤チャレンジ」と話題になりつつあり、決してそのような行為をしないように注意喚起がされていますが、注意とは気が付いていない人にするから効果があるのであって、わかっていながら敢えてしている人たちがどれほど聞き入れるのかは疑問です。

高濃度液体洗剤は非常に毒性が高く、場合によっては死亡することもあります。分別のつかない子供じゃあるまいし、自己責任での愚かな行為は止めようがありません。悲惨な結果を招くのは勝手ですが、くれぐれも周りに迷惑だけは掛けないよう願いたいものです。残念ながらバカは死んでも治らないでしょう。

（2018/02/02）

ポケモン中年

愛媛県でスマートフォン向けゲーム「ポケモンＧＯ」をしていた際に職務質問されたことに腹をたて、警察官を殴った四十歳の男が公務執行妨害容疑で現行犯逮捕されたというニュースが二〇一九年二月にありました。

この男は真昼間の午後三時半に松山市千舟町のホテル付近の路上で「ポケモンＧＯ」をしていました。驚くことに、そのとき男の周辺には同じように「ポケモンＧＯ」をしている人たちが五十人近くもいたそうです。よくそんな時間に仕事もせずに遊びに興じていられるなと不思議ですが、それだけでなく彼らはホテルの敷地内に勝手に入り込むなどの迷惑行為を繰り返しながらポケモンを探していたのです。

困ったホテルが警察に通報し、駆けつけた警官が立ち去るように求めましたが、この男は「お前のせいで（ポケモンが）取れなかった。殺すぞ」などと言いがかりをつけ、四十歳の警部補の右頬を一回殴ったといいますから、もう分別のある大人とは言えません。頭の中身は幼稚園児以下です。

「ポケモンＧＯ」が大ブームになったのは二年半前の二〇一六年七月です。流行に敏感な子供たちはもう別のものに関心が移っているようで、一時のブームは過ぎていますが、立派な大人がいまだに仮想のモンスターを追い掛け回しているなんて滑稽以外のなにものでもありません。

「ポケモンＧＯ」はモンスターを探し回るゲームですが、この男自身がとんでもないモンスターと化して、警官に捕まってしまいました。もしかしたら逮捕した警察官は署内で「今日はレアモンスターをゲットしたぜ」と笑っているかもしれません。

（2019/03/01）

2　暴走するスマホ

SNSカン違い女

二〇一八年一月に、イギリスに「ＳＮＳカン違い女」とも言うべき女性が現れました。

このイギリス人女性は、アイルランドのホテルにタダで宿泊させてほしいとメールで依頼したところ、ホテル側からひどく怒られてしまったそうです。そんなことは当たり前だと普通の人は思うのですが、この女性は受け容れない方がおかしいと考えたようです。なぜならこの女性にはYouTubeとインスタグラムを合わせて十五万人以上のフォロワーがついており、自分が宣伝をすればホテルにもメリットがあると考えての行動だったからです。

テレビ業界でもタイアップといって、よく似たケースはあります。ドラマやバラエティー番組で飛行機が飛び立つシーンで航空会社のロゴマークが入った尾翼がバッチリ映っていたなら、まずタイアップは間違いありません。事前に〇〇秒は確保しますのでよろしく、なんて打合せが行なわれているはずです。ホテル内の施設がやたらくわしく紹介されていたら、宿泊費まで乗っかっている可能性もあります。しかしこれらはロケ費用を節約したい放送局とタダで宣伝したい企業との利害が一致した結果、お互いが納得したうえで満足しているのですから問題はありません。

それに対し、今回はホテル側が彼女をまったく信用していなかったので、交渉が成立するどころか、失礼な申し出と取られてしまったのです。ユーチューバーを名乗って投稿活動をしている者の中には、道義的に許されない行為どころか、法律さえも犯して刺激的な映像を求める輩が少なくありません。そんな万人受けする保証のないものに乗っかっては逆にホテルの評判を落とすことにもなりかねないと判断したのかもしれません。

SNSはいまやテレビ、ラジオを凌ぐ宣伝媒体になりつつありますが、信用度ではまだまだのようです。今後はユーチューバー自身が世間に広く受け容れられるよう節度をもった活動が必要です。さらに言えば、今回のイギリス人女性の大きな間違いは狙いをつけたホテルです。なにしろこのホテルは、女性を遥かに凌ぐ三十万人以上のSNSのフォロワーが付いていたので、そんなに偉そうに宣伝してやると言ってもらう必要はなかったのです。ちなみに、私のツイッターのフォロワー数は今、四十万人以上です。だからどうした、という話ですが（笑）。

（2018/02/02）

LINEバカ

宮崎県日南市の崎田恭平市長が、市職員五十～六十人に送ったアプリＬＩＮＥ（ライン）のメッセージについて、「誤解と混乱を招いて申し訳ない」と市議会で陳謝したというニュースがありました。ＬＩＮＥの内容は「会いたかった」「（病気を）代わってあげたい」などの文字がハートマーク付きで送られてきており、受け取った職員はいきなり市長から愛の告白をされたようなものですから、さぞかし戸惑ったことだと思います。

でもこのＬＩＮＥはただの誤送信でした。市長によりますと、インフルエンザで体調を崩した二十代の女性職員が心配でＬＩＮＥしようとしたところ、誤って一斉送信のあて先を選んでしまったようです。それにしても部下の女性職員にハートマーク入りですから、これはすでに業務連絡の域を超えているといってもいいでしょう。

そして、この誤送信されたＬＩＮＥの内容がインターネット上に流出したものですから大変です。この三十七歳の市長は既婚者のうえ、仕事と子育てを含む家庭生活の両立に理解のある上司を標榜する「イクボス宣言」をしていたものですから、「すわ、昨年（二〇一六年）大騒ぎとなったゲス不倫議員の再来か」と市民からの問い合わせが相次ぎ冒頭の謝罪へとつながりました。崎田市長は取材に対し「不倫やセクハラ、パワハラとのうわさがあるが事実無根だ」と強調しているそうですが、真偽は当人たちにしかわかりません。

ＬＩＮＥやメールの誤送信の悲劇はよく耳にしますが、たいていは当人同士のトラブルで終わります。市議会を巻き込んでの騒動というのは滅多にありません。もし二人が不倫の関係ではなく、市長の一方的な片想いなら、女性にとっては大迷惑な話です。

（2017/03/02）

ツイッターバカ教師

公務員や政治家、あるいは教職など公共性の高い職業の人は、特にＳＮＳには注意をしたほうがいいでしょう。新学期のクラス替えについて、横浜市の女性中学教師がツイッターに不満を書き込んだなどとして、学校が謝罪していたことが分かりました。

この女性教師は二十代で横浜市立中学校の三年生の担任でした。彼女は新学期からの新しいクラスが決定した三月、「自分が思うようなメンバーにならなかった」などと書き込みをしたのです。この画像が一部の生徒の間で出回り、別の教師が生徒から相談を受けて発覚しました。

　教師が自分の担任するクラスに理想をもつことは悪いことではありません。それに向かって、生徒、保護者、教師が三位一体となって進んで行き、成就させることは、まさに教員生活の醍醐味だと思います。しかし、そのために都合のいい生徒を集めようとするのはいただけません。

　プロ野球の球団がチーム編成のために行なうドラフト会議じゃあるまいし、教師側に選択権はないのです。選抜試験のある高校や私立学校とちがって、公立の小中学校には地域の勉強のよくできる子やできない子、運動の得意な子やどんくさい子、おとなしい子ややんちゃな子など、いろいろな子供たちが通ってきます。そんな彼らに分け隔てなく接して、次のクラスに引き渡していくのが「プロ担任教師」の仕事です。

　最初の段階で、面倒くさそうだな、手に負えないなと思っていた生徒が自分の指導で立派に成長していく姿を見ることにこそ、喜びを見出していくべきです。それができないのであれば、本当のプロとはいえません。

　学校は生徒と保護者に謝罪するとともに、担任を交代させるなどの対応を取りました。結果、図らずも彼女は自分の理想とする生徒たちではないクラスの担任を免れたのでした。これはもしかすると彼女の作戦通りだったのでしょうか。

（2017/05/19）

SNSのいい話

ここまでに紹介したように、どうしてもSNSやネットではバカな人たちの振る舞いが話題になりがちですが、本来、道具や技術に罪はありません。有効に使えばとても価値のあるものなのは言うまでもないでしょう。そんなことを示してくれたエピソードを紹介しましょう。

台湾東部・宜蘭県蘇澳にある岳明小学校の児童が近くの海岸で見つけたデジタルカメラの、持ち主が見つかったというニュースがありました。流れ着いたものが瓶や椰子の実でなくデジタルカメラとは、いかにも今風です。さらに現代的なのはその持ち主の捜索方法です。

子供たちから落とし物の存在を聞いた岳明小学校の教諭が、カメラの持ち主を探す投稿をフェイスブックに載せたのです。それが一気に拡散され遂に落とした人が見つかったというわけです。一個人が世界中七十五億人の中からたった一人を見つけ出すとは、まさにSNS恐るべしです。

落とし主は東京に住む女子大生で、二〇一五年の夏に石垣島を訪れ、ダイビング中に誤って流してしまったそうです。カメラに写っていた映像と女子大生が一致したため本人に間違いないと確認されました。彼女もまさか二年半前にとてつもなく広い海の中で失くしたカメラに再会できるなんて考えもしなかっただろうと思います。そしてカメラも防水ケースに入っていたとはいえ、沖縄から台湾までよく無事に到着したものです。

失くした人はさぞ落胆しているだろうと懸命に持ち主を捜そうとした台湾の皆さん、そしてそれに加勢したＳＮＳユーザー。多くの人たちの尽力が無事、カメラを持ち主に戻すことに成功したのです。海と同様、国は違えど人間の心はつながっているんだ、まだまだ世間は捨てたもんじゃないと感じたニュースでした。

（2018/04/13）

第三章　世にバカの種は尽きまじ

新聞を読んだりテレビを観たりしていると、つくづく思うのは、「世の中には、なんでこんなにバカが多いのか」ということです。もう本当に呆れかえるくらいです。

私も小説家の端くれですから、三面記事に登場する「呆れた人たち」の心理や感情を理解しようと努めます。ところが、いくら考えても、彼らの思考回路を辿ることができないのです。実は理解できないものほど怖いものはありません。こういう人たちが私たちの周りに生息しているということは、実に不気味なことです。

つまり最初は笑っていても、しばらく時間が経つと、ホラーにも思えてくるのです。

1　ただひたすら迷惑なバカ

鉄道好き

愛知県警が器物損壊の疑いで男を逮捕したというニュースがありましたが、それをよく読むと、呆れて、しばらくポカーンとなりました。

男性の容疑は東海道新幹線の線路に侵入するために有刺鉄線などを切断したというものです（器物損壊罪）。ただ、防音壁までしか近づけず、線路へは侵入できなかったので、新幹線の運行には支障がなかったということです。

さて、男性はどんな目的で新幹線の線路に侵入しようとしたのでしょうか。その動機が驚きです。なんと、「電車が好きで中に入って線路の石で遊びたかった」というのです。

男性は三十七歳です。三歳でも七歳でもありません。

いや、七歳でも線路で遊んではいけないことくらい理解しています。いったいこの男性の頭の中はどうなっているのでしょう。

この男性はもしかしたら「鉄ちゃん」と呼ばれる鉄道マニアだったのかもしれません。一部の「鉄ちゃん」の思考回路は一般人には理解不明です。おかしな「鉄ちゃん」は列車の進行を妨害することもあります。駅のホームで撮影場所をめぐって喧嘩をするのもしょっちゅうですし、いい写真を撮りたいために、邪魔な木を切ったり、ひどいときは電信柱を切ったりもします。

この男性が本当に「線路の石で遊びたかった」のかどうかはわかりません。もしかしたら別の理由があって、それをごまかすためにそう言ったのかもしれません。しかし、三十七歳の大人なら、もう少しましな言い訳を考えてもらいたいものです。

いや、実はそれは言い訳なんかではなく、本当に線路で遊びたかったなら、もう私には何も言うことはできません。

(2015/08/21)

十三日の金曜日バカ

現代の若者を象徴しているなと思う出来事が二〇一五年の十月にありました。

熊本県警に「仮面をかぶり、チェーンソーを持った男が歩いていた」と通報があり、ツイッター上にも多くの目撃情報が寄せられました。複数のパトカーが出動、機動捜査隊も捜索に加わるなどの大騒ぎとなったようです。

県警によると、市内の商業施設で不審な人物を発見し職務質問したところ「犯人」は「ハロウィンの仮装で職場を驚かそう」と考えた二十代のアルバイト男性だったことがわかりました。持っていたチェーンソーは当然おもちゃで、仮装をしたままバスに乗り、職場を驚かせて帰宅する途中だったといいます。なんとも人騒がせな話です。

ここ数年ハロウィンのイベントはどんどん盛んになり、街中が仮装大会のようになっています。本来は収穫を祝う宗教的な儀式であるはずなのに、日本では仮装の部分だけが大きく取り入れられてしまいました。

大阪にはユニバーサル・スタジオ・ジャパン（ＵＳＪ）というテーマパークがあります。この季節、園内はゾンビや妖怪、魔法使いなどに扮した入場者で溢れかえっています。まあ、ＵＳＪもハロウィンを前面に押し出した企画で盛り上げようとしていますので、パーク内は楽しい雰囲気満載です。

しかし、中にはそのままの格好で家路につく人もいます。大阪駅でも閉園時刻を過ぎると、妖怪を見かけることがあります。大阪駅は非常に乗降客の多い大ターミナル駅ですからまだいいのですけど、少し離れた郊外の駅に「魔法使い」がいたら、やはり異様です。地方のバスで隣にゾンビが座ったら、これはもう「勘弁して！」となるでしょう。

自分が楽しむのは結構ですけど、それにより不快になる人がいれば、それは控えるのが当然だと思うのですが、「Ｎｏ．１よりオンリー１」、「個性の尊重」、「目立ってナンボ」で育った人たちにはわからないようです。

しかし、よく考えてください。社会というのは一人では成り立ちません。複数の人で成り立っている社会に暮らす以上、人目（世間体）を気にしながら生活するというのもやはり必要ではないでしょうか。

（2015/10/23）

生卵バカ兄弟

二〇一五年十一月、神奈川県にとんでもないバカ兄弟が現れました。

高校三年の弟がまず逮捕され、まもなく二十一歳の兄も逮捕される模様です。容疑は神奈川県大井町にある東名高速道路に架かる橋の上から、約三百個の生卵を投げ入れ走行中の車を破損させたものです。四十台以上の車のボンネットがへこんだりフロントガラスが割れたそうです。ただの生卵ですが、百キロ近いスピードで走っている自動車にとっては立派な凶器だったわけです。幸い怪我人はでていないようですが、一歩間違えたら大きな事故になっていたでしょう。

逮捕された高校生は「ふざけ半分でやった」と言っていますが、遊びで済まないことぐらいわからないのでしょうか。事件直後に通報を受けて駆け付けた警察官が現場近くでズボンのポケットに卵の一部が付いた兄を見つけたことから、この兄弟の犯行がわかりました。

また事件当日の未明にも同じ場所で、二百個近くの生卵が投げられて車十三台が壊れる被害がありました。あわせて五百個です。コンビニで酒やタバコを若者が買うときには身分証明書の提示が必要です。これからはスーパーも卵を纏め買いする少年がいたら、身分証明書の提示を求めなくてはならなくなるのかもしれません。


（2015/11/13）

フラッシュモブバカ

プロポーズを一生の思い出にしようと最近の若者はいろいろと智恵をしぼっているようです。

以前テレビで見ましたが、通りに面したカフェテラスでデート中、店員が突然踊りだし、やがて店内のほかの客もそれに加わり、最後には通行人にまで踊りの輪が広がるというものがありました。そして驚く彼女にダンス終了後、彼氏が指輪を渡しながらプロポーズをするという筋立てでした。踊っていた人たちは店員や通行人まですべて彼氏が仕込んだプロダンサーだったのです。

突然の出来事に感動した彼女が「イエス」の返事をしてめでたし、めでたしとなったのですが、こんな演出もあまりエスカレートするととんでもないことになるという例が、二〇一五年、アメリカ・テキサス州でありました。

二十四歳の男性がプロポーズの場所に選んだのは、ヒューストン市の中心部を走る州間道45号線でした。この場所を選んだ理由はヒューストン市を眺望することができる二十三歳の恋人の最もお気に入りの場所だったからだそうです。普通に車を運転してその車中でプロポーズすればなにも問題はなかったのですが、彼は道路上で決行しようと考えました。

45号線は非常に交通量の多い高速道路らしく、普通なら車外になんて危なくて出られません。そこに登場したのが彼氏の友人や家族で、とんでもない行動にでました。なんとプロポーズの応援のために自動車八台に分乗してこの高速道路の他の車の走行を止めてしまったのです。

止められた車は大迷惑で、すぐに大渋滞となってしまいました。彼氏は高速道路を「封鎖」させたとして、あえなく警察に逮捕されてしまいました。

プロポーズの様子は彼自身が有頂天でネットにアップしていますが、それを見た人たちからは当然のごとく非難囂々でした。

ちなみに彼女の返事は「イエス」だったようですが、こんなバカを亭主に選んで、大丈夫なのでしょうか。亭主の友人もバカばかりです。もっともこんなバカプロポーズでOKする女性もあまりオツムがよくないのかもしれません。来年三月に挙式の予定だそうですが、今回の罪は最大で禁錮六ヶ月の判決が言い渡される可能性があるそうです。その場合は残念ながら新郎欠席となってしまいます。なんとか式に間に合うことを祈りましょう。

（2015/12/25）

飛行機を止めるバカ

二〇一五年十二月、新千歳空港から関西空港に向けて出発するピーチアビエーションの旅客機の出発が二時間半も遅れてしまうという事態がありました。天候不順や機体整備など安全のためなら仕方がないと我慢もできるのですが、今回の遅延理由はそうではありませんでした。

乗客も乗り込み出発に向けての最終点検をしている機内で、関西地方に住む三十～四十代の五人組の一人が別の一人を指して、「こいつが爆弾を持っている」と言い出したのです。それを聞いた客室乗務員からの報告により同機は即座に出発を取りやめ、機内をくまなく点検しましたが不審物は見つかりませんでした。そしてすべての乗客が一旦飛行機から降りて保安検査をやり直し、問題がないことが確定したとして再度の出発となりました。

五人組は冗談のつもりだったのでしょうが、日本の航空会社は安全が一〇〇パーセント担保されない限りは絶対に離陸しません。騒ぎが大きくなるにつれて後悔したことと思いますが後の祭りです。航空会社は危機管理マニュアルに沿って対応をすすめました。

飛行機に乗ることが嬉しくてつい舞い上がってしまったのかもしれませんが、まわりは大迷惑です。五人組は遊びの旅行で時間に余裕があったのかもしれませんが、中には危篤の親族に会う為に一刻を争っている人がいたかもしれません。もし間に合わなかったら一生恨まれたことでしょう。

日常生活の潤滑油として冗談も悪いものではありませんが、あくまでもＴＰＯをわきまえるべきです。そして、出発便への再搭乗を許されることもなく五人組は警察に引き渡され、北海道旅行はしばし延期されることになってしまいました。

しかし警察よりももっと恐ろしいのは、航空会社から請求される損害賠償金ではないでしょうか。航空会社がきっちりと請求したなら、五人は支払うのに何年もかかることになるでしょう。

（2015/12/25）

裸でウロつくバカ

二〇一六年は暖冬だとはいいながら、年が明けると季節はすっかり冬になり朝晩はめっきり寒くなってきました。日中でも外出時はコートが手放せません。そんな今日この頃、盆地の地形で底冷えする、関西でも特に寒い京都の早朝を全裸で歩いていたとして、四十一歳の無職男が京都府警山科署に公然わいせつ容疑で逮捕されたというニュースがありました。

逮捕容疑は全裸状態でコンビニのゴミ箱をあさっていたといいますから、まるで犬です。いや、最近のペットの飼い犬はゴミ箱なんて見向きもしませんし、服を着ているのも多くいますからそれ以下ということになります。

男は取り調べに対し、「着る服がないので仕方ないじゃないか」と話しているそうです。彼にとっては路上生活者になんで家に住まないんだと尋ねて「住む家がないから仕方ないじゃないか」というのと同じ理屈のようです。たしかにそう言われると、「そりゃそうだな」と思ってしまいますが、社会から隔絶された深い山奥に一人で暮らすのなら別ですが、やはりそれは社会常識として認められません。

人間の生活の三大要素は衣食住です。食＝食べないと死んでしまうからこれは絶対に必要だ。住＝これだけ寒くなってきたら一晩中外にいるだけで死んでしまうし、ホームレスが襲撃されたなんて話もあって恐いからこれも絶対に必要です。

衣＝家にいたら裸でも大丈夫だし、暖かくなればまったく必要ないな。優先順位をつける上でこの男はそのうち『衣』を一番必要ないと判断したわけです。ところで彼は母親と二人暮しだと言っています。彼のこの生活スタイルが家族のルールだとして、もし、警察が捜査のために自宅を訪ねた時に母親も全裸で現れたら捜査員はどんな対応をするのか見てみたい気がします。

（2016/01/08）

サッカーバカ

海外のサッカーファンの一部には非常に過激な行動をとる者がいることは、既によく知られていますが、またしてもとんでもない事件を起こしていたとのニュースが二〇一六年早々にありました。

フランスリーグに所属するチームのサポーター十人が覆面姿で結婚披露宴に乱入し、鉄の棒を振り回して食事やウェディングケーキを手あたり次第に壊して廻ったそうです。その理由はこの結婚の新郎が同じチームを応援する仲間だったのに、積年のライバルチームのサポーターに転向したことへの報復のつもりだったそうです。過激サポーターたちは元仲間の「人生最良の日をぶち壊したかった」と供述しているといいます。

結婚式を台無しにするというのは、善悪は別にして復讐としては実に効果的です。が、彼らは大きな誤りを犯しました。ぶち壊されたのは元仲間ではなかったのです。そうです、彼らは会場を間違えてまったく関係の無い人の披露宴をめちゃくちゃにしてしまったのです。間違えられた方にしたら迷惑この上ない話です。いきなり見ず知らずの男たちが飛び込んできて大暴れして去っていく。もちろん人違いですからそんなことをされる心当たりなんてありません。ドッキリだとしか思えなかったはずです。

とんでもない日にはなってしまいましたが、この出来事が世界中に配信されて違う意味で一生忘れられない日にはなったようです。

現在裁判中のサポーター連中は「恥ずかしいことをした。反省している」と言っています。彼らにとっても人生最悪な日となったことでしょう。


（2016/01/15）

結婚式詐欺バカ

結婚式と披露宴の費用を支払わなかったなどとして、有印私文書偽造・同行使と詐欺の疑いで大分南署に二十七歳の会社員の男が逮捕されたというニュースが二〇一六年の二月にありました。

容疑の内容は、結婚式と披露宴の費用約五百十万円の内、二百三十万円を実際には支払っていないのに振り込んだように見せ掛けるため、自分でパソコンを使って振込明細書などを作り相手を信用させた上、残金を後日支払うと騙して式と披露宴を開かせた疑いです。

式後、式場側から支払い要請があったのにもかかわらず、支払いを拒み、民事訴訟に発展し、判決により確定した全額支払いの命令にも従っていなかったようです。

事件の内容としては単なる代金踏み倒し事件ですが、「結婚式」をその舞台にしたこの事件で不思議に感じる部分が何箇所かあります。まず、お相手の新婦はどう思っていたのでしょうか。まさか彼女も一緒になって「そんなもん払わなくてもいい」と言っていたのなら救いようのないおバカ夫婦です。

それにしても親兄弟、親戚は何をしているのでしょうか。一族郎党そろっての踏み倒し家系なんて考えられないので、誰か一人くらいまともな意見を言う人はいなかったのでしょうか。

五百十万円といえば大層盛大な式だったのだろうと思います。出席した人たちは全員お祝いの気持ちで来てくれたはずです。当然ご祝儀もそれなりに集まったでしょう。普通の新婚夫婦ならそのご祝儀を列席者に感謝しつつ支払い代金に充てさせてもらうのですが、今回は丸取りです。

そもそも結婚なんてものは役所に届出さえ出せば成立するものであって、必ずしも神の前で誓ったり周囲の人たちにお披露目しなくてはならないなんて決まりは一切ありません。事実、そうしているカップルはいくらでもいます。

新しい門出である結婚をこの男は自らの手で台無しにしてしまったのです。それにしても、逮捕までされても、お金を払いたくないというのは、ある意味で大変な意志の持ち主かもしれません。

（2016/02/19）

尿バカ

スーパーやコンビニの商品に細工をして、消費者や店側に迷惑をかける事件はいろいろと報告されていますが、今回またとんでもないことをしでかした男が青森県弘前署に業務妨害の疑いで逮捕されました。

この男は三十七歳の農業手伝いでコンビニのドリンクコーナーに自分の尿（オシッコ）を入れたペットボトルをお茶に見せかけて並べたのです。なにも知らないお客がそのボトルを購入し一口飲んだところで異変に気がつき店に苦情を言ったことから、防犯カメラの解析により男が特定されました。

この男の目的がまったく理解できません。自分のオシッコを見ず知らずの他人に飲ませることで、どんな喜びがあるというのでしょう。変態というのは常人には理解しがたい思考と嗜好を持っているものですが、この男の変態度は相当なレベルと言えるでしょう。

五百ミリリットルすべてがオシッコだったのかどうかは記事にありませんでしたが、

味の違いがすぐにわかったのなら、相当量含まれていた可能性があります。

もっとも量の問題ではなく仮に一滴だったとしても許すことはできません。

一九九〇年頃に飲尿健康法なるものがブームになったことがありますが、自らの意思で自分の尿を飲むのならまだしも、どこの誰だかわからない人のそれを意に反して飲まされるなんて想像しただけでもぞっとします。罪状は業務妨害ということですけど、これはれっきとした傷害罪ではないのでしょうか。被害者は肉体的だけでなく精神的にも大きな痛手を被ったはずです。

ハムラビ法典の「目には目を」ではないのですが、こんな奴には刑務所での飲み物は、他の受刑者のオシッコだけにして自分のしでかしたことの意味を十分に教える必要があるでしょう。もっともこの常人の理解をはるかに超える変態は、もしかしたら他人のオシッコを呑むのも好きかもしれません。それなら、別の方法を考えなくてはいけませんが。


（2016/04/22）

値引き札バカ

スーパーやコンビニが大迷惑していて、なんとか未然に防ごうと、いろいろな手立てを施しているにもかかわらず、一向になくなる気配を見せない犯罪に万引きがあります。

これは代金を支払わずに商品を隠し持って店外に出てしまうものですが、今回神戸市で発生した事件は、代金を支払うには支払ったのですが、それではどう見ても「アウト」ですよというものでした。

神戸市垂水区で弁当店を営む五十二歳の男が、ブランド牛として有名な淡路牛の値札（一九〇〇グラム二万千七百円）を安価な値札（四千二百円）に自分で貼り替えて精算したとして、詐欺の疑いで現行犯逮捕されたというニュースが二〇一六年五月にありました。この男は事前注文していた高級肉を店頭で受け取り、レジに行くまでの間に用意していた別の値札に貼り替えていたのです。

この店では過去にも同じバーコードが数回レジを通過していることが分かっており、その被害額は十万円にもなっていました。彼は安い値札を取りためておいて、使い回していたようです。店側は以前から店内で不審な動きをするこの男を警戒しており、その日は入店時からしっかりと見張ってバーコードを貼り替えてレジを通ったところを捕まえたのです。

男は「自分の弁当屋で使ったり、食べたりするためだった」と説明していますが、彼の店では随分と贅沢な焼肉弁当を提供していたものです。周りからみればどちらもまぎれも無い犯罪なのに、正規の価格ではないにしろ代金を支払い、万引きのように商品を盗まなかったのには何か意味があったのでしょうか。ちなみに万引きは窃盗罪で、値札貼り替えは詐欺罪です。罪の重さは場合によるのでしょうが、この男は値札貼り替えのほうが捕まるリスクが少ないと考えたのでしょう。どちらにしても浅はかな考えです。

今回は予《あらかじ》め用意していた値札との貼り替えでしたが、陳列時間が長くなった商品の三割引、五割引等の値引きシールを勝手に対象でない商品に貼って、何食わぬ顔でレジに向かう困った主婦もいると聞きます。

良い商品を少しでも安く買いたい気持ちは誰にでもあるのでしょうが、価格決定権は店側にあるのであって客が勝手に変えてはならないのは当然です。スーパーの食品売り場で買い物かご片手に値引きシールが貼られるのをずっとおとなしく待ち続けている善良な人たちがバカを見ることのないように、しっかりと取り締まって欲しいものです。

（2016/05/27）

ゴキブリ愛護バカ

常人なら考えも及ばないとんでもない行動を起こす人間はいつの時代でもいますが、今回のニュースの主人公はその中でも相当上位の変人でした。

二〇一六年七月、神戸・垂水署は威力業務妨害の疑いで神戸市立小学校に勤務する五十六歳の女性事務職員を逮捕しました。逮捕容疑は垂水区にある営業中のスーパーマーケットの鮮魚コーナー前で、ビニール袋に入れたゴキブリ十数匹を放し、店内の衛生状態を悪化させたものです。

スーパーのお魚コーナーといえば、たとえ一匹でもゴキブリがいたら、ほとんどの客が「こんな汚いところで買い物はできない」と店を出て行ってしまうほどです。それだけに店としたら、衛生には神経を尖らせている場所です。それが十数匹もバラ撒かれたとなると営業妨害を通り越してもはや新手のバイオテロです。

犯行時刻は閉店の十分前の午後十一時二十分ごろ、店内に客の姿はすでにまばらでした。巡回していた店員が床に数匹のゴキブリを目撃し、付近を調べるとゴキブリの入った透明袋を見つけました。明らかにゴキブリが外部から持ち込まれたと確信した店員が防犯カメラをチェックすると、そこには容疑者がゴキブリを袋からバラ撒く姿が鮮明に映っていました。

慌てたスーパーは店員総出で夜通し捕獲にあたるとともに、翌日の営業後には業者に依頼し駆除作業をするなどの緊急対応をしたということで、幸いにも翌日以降の営業中にゴキブリが現れるなどの最悪の事態は回避できました。

そして、数日おいてカメラに映っていた女によく似た人物が再び来店したため、怒り心頭で待ち構えていた店員が一一〇番通報して御用となったわけです。

さて、この容疑者のトップクラスの変人ぶりはここからです。

彼女は警察の事情聴取に対し、「自宅で捕まえたゴキブリを殺せず、食べ物がたくさんあるスーパーに逃がした。生かすためだった」と供述しているのです。ゴキブリは嫌われ者の代名詞ともいうべき生き物で、普通の人なら見つけ次第新聞紙を丸めたもので叩き殺すなり、殺虫剤で退治したりするものですが、彼女はご丁寧にも一匹一匹生きたまま捕獲していたのです。

ゴキブリは自宅で飼っていた十匹のネコのエサに群がっていたそうです。相当な動物好きだったのは間違いないようですが、そんなに好きならおとなしくネコであろうとゴキブリであろうと自分の家だけで勝手に共存していたらいいのです。それなら誰にも迷惑を掛けることもなかったのです。

世間には、イヌやネコを飼えなくなったからと山に置いてけぼりにする人がいます。ペットとして飼われていた犬や猫が山の中で生きていくのは大変でしょうが、ゴキブリはもともと林や森に住む昆虫ですから、彼らこそ山に戻せばよかったのです。スーパーより明らかに天然のエサも豊富です。なによりもスーパーでは発見され次第、殺されてしまいますが、自然の中ではその心配もありません。

本当にゴキブリを生かしたかったのなら誰にも見つからないところに逃がさなければならなかったのです。彼女の行為はただの迷惑な嫌がらせでしかありませんでした。

（2016/07/15）

車椅子泥棒バカ

夏休みを利用した旅行客が全国各地にあふれていますが、二〇一六年八月、せっかくの旅行を一人の思慮のない幼稚な男により台無しにされた家族がいました。

大阪府豊中市から和歌山県の白浜を訪れていた七十代の老夫婦を含む一家四人が旅館から車椅子を借りて散歩にでました。この旅行は足が不自由で普段はあまり遠出ができない、おじいちゃんとおばあちゃんを海に連れて行ってあげたいと二人の孫が計画したものでした。

老夫婦は白浜海水浴場の砂浜を車椅子から降りて少し歩き戻ると、置いてあったはずの車椅子が見当たりません。

付近にいた人たちにも協力してもらい、あたりを捜しましたが車椅子は見つかりません。しかし、若者が遊びに使っていたという情報を得ました。警察に届け出たところ防犯カメラの映像から近くに住む二十二歳の大工が浮かび上がり、すぐさま窃盗容疑により逮捕されるところとなったのです。

容疑者は車椅子に乗っていたことは認めましたが、「返すつもりだったと」と窃盗容疑は否認しています。しかし、そんなもの通るわけがありません。もしそれが認められるのなら泥棒は全員借りただけだと言い張って、窃盗罪自体がなくなってしまいます。

おじいちゃん、おばあちゃんに旅行をプレゼントした孫は、「他にも海に連れて行ってあげたかったり、温泉に入らせてあげたり沢山したいことあったんですけど」と落胆しているそうです。容疑者にはその言葉をしっかりと胸に刻んで欲しいものです。

それにしてもこの容疑者の周りには健康な人ばかりで車椅子を利用している人がいな

かったのでしょうか。もしかしたら、初めて間近で見る車椅子に興味をもち本当にただ乗ってみたかっただけなのかもしれません。しかし、百歩譲ってそうであったとしても二十歳を過ぎた大人がそんなことをしたら持ち主がどれだけ困るかということに想像が及ばないこと自体が問題です。実に情けない話です。

話は変わりますが、大型スーパーなどの駐車場には必ず車椅子のマークが描かれたエリアがあります。言うまでも無く身障者用の駐車スペースです。勘違いしてはいけないのは、ここは優先ではなく専用だということです。よく「空いているんだからいいじゃない」と言う人がいますが、空いているのではなく、しかるべき人のために空けているのです。そこにあなたが駐めたら後から来た本当に必要とする人が駐められないじゃないですか。そのエリアで買い物を終えた健常者が両手いっぱいに荷物をかかえて平然と車に乗り込む姿には怒りを通り越して悲しさ、恐ろしさを感じてしまいます。

ただ、私は何も車椅子使用者を特別扱いしろと言っているのではありません。配慮と特別扱いは別です。

混雑するテーマパークなどでよく見られることですが、車椅子専用レーンを設けて待ち時間なしで優先する場合があります。でも、それって本当にいいことなのでしょうか。勿論、長時間の待機に耐えられない状態の人もいるでしょう。そのような方には先を譲るべきです。それは「配慮」です。

しかし、足はケガをしているけれどそのほかは何とも無い人は、普通に待つことができるはずです。それをしないのは「特別扱い」です。車椅子というだけで横をすり抜けていく様子に不公平感を覚える方たちもいるでしょう。そうなると穏やかな共存が難しくなります。

車椅子利用者にしても特別扱いを好まない人たちはたくさんいると思います。批判を恐れるあまりの車椅子に対する過剰対応は時として逆効果になることを知らなければなりません。

（2016/08/19）

飲酒バカ

二〇一八年五月のある日、ようやく東の空が白み始めた午前四時半すぎ、巡回中の福岡中央署のパトカーがウインカーを出さずに車線変更した軽乗用車を見つけました。直ちに停車を命じ近付くと運転席にいたのは二十一歳の女性でした。

窓を開けた車内からはかすかな酒の匂いが。飲酒を疑った警察官が検査をすると、基準値の三倍以上ものアルコール分が検出されたのです。その場で道路交通法違反（酒気帯び運転）容疑で現行犯逮捕となったのですが、この女はどうしても飲酒の事実を認めません。

呼気検査の場合、本当に酒を飲んでいないのに製造過程に酒粕が使われている奈良漬を食べただけでも反応することがあるといわれます。今回もそんな言い訳をするのかと思いきや、彼女のそれは予想外のものでした。「酒の席で何人かの男性とキスはしたが、自分は飲んでいない」。なんと酒を飲んでいた男性とのキスの「残り香」が反応したんだと言い張っているのです。

タバコの匂いは実際に吸っていなくてもその場にいれば身体に染み付いてしまいます。また、その害は吸っている本人よりも周りのほうが大きいともいわれます。しかし、直接口にしていない（厳密に言えば間接的には口にしていますが）アルコールが、身体に入り込むなんて聞いたことがありません。警察も「キスだけでこんな数値が出るはずがない」とみているそうですが、もっともです。

もし本当に彼女の言うとおりだとしたらキスだけでなく、その店にいる男たち全員のヨダレを大ジョッキ三杯くらい飲まないといけません。本当に飲んでいなかったのか、ウソをついているのかは本人にしかわかりませんが、どちらにせよ酒席で複数の男たちと見境無くキスをしまくっている二十一歳の女なんて、それだけでもう十分立派な酔っ払いです。

（2018/05/18）

釣りバカ

「釣りバカ」という言葉があるように、釣りは根強い人気を誇るレジャーです。

有名芸能人の「趣味はルアーを使ったバス釣り」などという言葉に誘発され、にわか釣り師が急増した一九九〇年代後半には二千万人を超えたといわれた釣り人口ですが、現在は八百万人ほどで推移しているようです。

そんな趣味も自己顕示欲が強くなり過ぎればとんでもないことになってしまいます。

二〇一八年九月に、鮮魚店に侵入し高級魚を盗んだとされる男の初公判が始まったというニュースがありました。この男は四十一歳の元アルバイト店員で、今年の五月と六月に神戸市灘区の鮮魚店に忍び込み、高級魚のクエなど約六十点、八万円相当を盗んだ罪に問われているのです。男は生簀《いけす》の中で泳いでいたクエを厚かましくも店の中で下処理して持ち帰りました。そしてそれらの盗品をさも自分が釣ってきたようにして友人たちに振る舞っていたのです。

その犯行動機が呆れてしまいます。実はこの男も釣りが趣味で、「友人らに褒められたい」「金をかけずに魚を食べたい」という思いを持っていました。しかし超のつく高級魚のクエはなかなか釣れるものではなく、もしそれを釣ったとなるとかなりの自慢となります。

男のクエ料理を食べながら、友人たちはさぞかし絶賛したことでしょう。検察側は幼稚な動機に酌量の余地はないと指摘し、懲役二年を求刑しました。もし実刑判決が下れば、男はしばらくは刑務所という生簀の中で養殖の身となります。

（2018/09/21）

たまやバカ

二〇一八年十月、名古屋市の住宅街のど真ん中にある飲食店の駐車場で花火を打ち上げた二十七歳の男が、火薬類取締法違反の疑いで書類送検されたというニュースがありました。

たかが花火といってもこの男が上げたのは夏休みに子供たちが遊ぶ「ロケット花火」

のようなおもちゃではなく、隅田川花火大会、ＰＬ花火芸術で使われるような高さ百三十メートル、直径八十メートルにも達する本格的な「打ち上げ花火」だったのですから、これほど迷惑な話はありません。

男は調べに対し「たまたま食事に行った店が閉店すると聞いて、一本締めのつもりで打ち上げた」と話しているそうですが、まさか常に花火を持ち歩いているわけでもないでしょうに、偶然にしてはよくもまあ都合よく花火があったものです。それに「一本締め」より花火だけに「打ち上げ」のつもりだったと言えばよかったのにとも思いますが、それはいいとしましょう。

一番わからないのは一本締めなら「パパパン、パパパン、パパパン、パン」と十発のはずが、彼が打ち上げた数はなんと五十八発にも及んだことです。これでは締めなんて関係のない、ただの花火大会です。

目撃した人は季節はずれの夜空の祭典に「近い距離で音が怖かった」と話していますが、もっともです。花火大会を開催する際には広い打ち上げ場所を確保し、事前に消防署に届け出たうえ、万一に備えて消防車まで待機させ万全を期します。それをいっさいの手続きなしで民家から二、三メートルしか離れていない距離から、いきなり「ヒュー、ドカーン」です。よく事故が起きなかったものです。
この男はこれから厳しいお咎めを受けることになるでしょう。飲食店のためを想って華々しい一本締めを思いついたのでしょうが、結局締めたのは自分の首だったというお粗末でした。

（2019/02/22）

2　プロ意識のないバカたち

犯人を捕まえる気がない警官

二〇一五年十一月、兵庫県警の男性警部補が万引きを自首してきた男を取り調べもせず、ご丁寧に管轄外の大阪市まで車で送っていたことがわかりました。これは「ホームセンターで万引きをした」として包丁一本をもって交番に自首してきた六十五歳の住所不定無職の男を相手にせず、包丁は拾ったことにしてホームセンターに返却し警察車両を使って男を送って行ったというものです。

実はこの無職男は、「金がないので、ただでご飯が食べられる留置場に入りたい」ためにわざと包丁を万引きしたのでした。

警部補が「なに馬鹿なことを言ってるんですか、そんな理由であなたを捕まえることなんてできませんよ。もう一度ちゃんとまじめに働いてください。二度とそんなことを考えてはダメですよ」と言って帰したのか、「馬鹿なことを言ってんじゃねぇ、留置場は無料宿泊所じゃねぇよ、こっちは忙しいんだ、さぁ帰った帰った、めんどくさい奴だな」と言って帰したのかで、印象は大きく異なります。前者なら無職の男を犯罪者にしないがための措置で、人間的な温かみもあり情状酌量の余地もあると思いますが、後者なら横着な文字通りの職務怠慢です。

しかし、人間味あふれた温情が必ずしもいい結果を生むとは限りません。なぜならばこの無職男は、翌日大阪から和歌山までタクシーを無賃乗車して逮捕され、念願通り留置場に入ることになったからです。要するに警部補が捕まえなかったことで、新たな犯罪が発生してしまったというわけです。可哀そうなのはタクシー運転手です。タクシー代を兵庫県警が肩代わりしてくれるはずもありません。まあそれでも、傷害事件にならないだけましだったかもしれません。

毎年、年末になると、暖かい留置場や刑務所で飯が食べたいという理由で罪を犯す輩が増えていると聞きます。そんな奴等にケガをさせられたり、物を盗られたりするのはたまりません。

こんな奴の犯罪を防ぐにはどうすればいいだろうかと、私は真剣に考えました。そして、ひとついい方法を考えました。

刑務所に入りたい人のために、交番の前にまんじゅうか豚マンを置いておくのです。

刑務所に入りたい人は、それを食べるのです。警官はその場で窃盗の現行犯で逮捕するわけです。これだと民間人に被害者をださずに済みます。捕まるのが目的の犯人にしても、一般人に迷惑を掛けることは本意ではないでしょうから、嬉しいはずです。その上、お腹もふくれるので一石三鳥です。

ただ、情けないのは、そういう犯罪者を私たちの税金で養わなければならないことです。刑務所では思い切り仕事をさせてほしいものです。それが「懲役」なのですから。

（2015/11/27）

バカ店長

二〇一六年二月に、佐賀県鳥栖市で一月に強盗に現金を奪われたとウソの通報をした二十二歳の焼き鳥店店長がその前日、刃物を持って自分の店に押し入っていたとして、強盗未遂の疑いで逮捕されたとのニュースがありました。

この店長は覆面をして店に入り、閉店作業中の男性店員に刃物のようなものを突き付けて現金を奪おうとしましたが、店員に「店長ですか？」と見破られたため、「強盗には気をつけろよ」と言い残して立ち去ったといいます。呆れたことに、作戦を失敗したため急遽、防犯訓練に変更したというわけです。店員は何と思ったのでしょうか。

とにかく強盗に失敗した店長は翌日、今度は「二人組に三十万円を奪われた」とウソの強盗被害で一一〇番通報をしたのでした。

取り調べによるとこの店長は店の金を着服していたことが判明し、その穴埋めのために行なった犯行のようです。知らないところに強盗に入るのが怖くて自分の店にしたのに、うまくいかず、今度は一転被害者を演じるなんて、よくもまあこんなコントのような事件が実際に起きたものです。

さしずめ作・演出・主演：店長、エキストラ：店員といったところでしょうか。なにもかも店長ひとりで始めてひとりで終わらせています。そして舞台も自分の焼き鳥店。こんなお手軽なコント、プロの作家でもなかなか思いつきません（思いついてもアホらしすぎて発表できません）。

(2016/02/12)

万引きGメンバカ

すべての犯罪は憎むべきものであって、この人が犯すのなら仕方がない、なんてものはありません。その逆に、絶対に犯罪をしてはならない職業の方たちがいます。警察官が強盗をしたり、消防士が放火をしたり、自動車教習所指導員が酒酔い運転をしたり、弁護士が詐欺をはたらくなどは、普通の犯罪よりも道義的な重さがあります。ただ世の中には、こういう犯罪が少なくないのも事実なのが悲しいことですが。

二〇一六年三月に、滋賀県警守山署に大型スーパーで買い物客のカバンの中から財布を盗んだとして、五十五歳の女が逮捕されたというニュースがありました。それだけならよくあるただの窃盗事件ですが、この女は絶対に盗みを働いてはならない人間だったのです。というのも彼女はこの大型スーパーの万引き警戒保安員、いわゆる万引きGメンだったのです。

この女は勤務中で、私服姿で万引きを警戒していた時に、客の女性が買い物カートの上に置いていた手提げカバンから財布を盗んだのです。取り調べに対して「カバンの口が開き、財布が見えていた。そんな無防備な人は困らせてやろうと思った」と供述しているそうですが、よくもまあとんでもない身勝手な言い訳を考えついたものです。

もちろん「なるほど、それなら仕方がない」なんてなるはずはありません。逮捕のきっかけは、財布がなくなったことに気づいた女性から被害届を受けた署員が防犯カメラの映像を確認したところ、犯人の女が財布を盗んだとみられる場面が鮮明に映っていたものです。

　それにしても彼女は自分の店のどこに防犯カメラがあるのか知らなかったのでしょうか。きっと日頃から盗みのチャンスを窺うことに夢中で真面目に仕事をしていなかったのでしょう。逮捕した警察官は「万引きGメンが勤務中に窃盗をして捕まるなんて聞いたことがない。本末転倒ですわ」と呆れていたそうですが、警察もあまり人のことをいえた立場ではないようです。

　というのも、奈良県では生駒警察署の六十歳の前署長が窃盗容疑で事情聴取を受けているというニュースがありました。こちらはスーパーマーケットで客の財布を置き引きしたとされるものです。前署長は八十歳の男性客が買い物カートの上に財布を忘れているのを見つけ、つい盗んでしまったと供述しています。

　こちらも防犯カメラからすぐに特定されました。万引きGメンといい、前警察署長といい窃盗が悪いことはもちろん、店内には防犯カメラがあり常に監視されていることや捕まればどうなるかも十分にわかっているのにもかかわらず犯行に及んでいます。

　十六世紀のスペインの小説に『ラサリーリョ・デ・トルメスの生涯』（作者不詳）という作品がありますが、この中に「機会が泥棒を作る」という名言があります。この二つの事件はまさにその名言通りの事件です。目の前に簡単に盗めるものが出現したら、自分たちが犯罪をなくすることが仕事だということをも忘れてしまうほど人間とは弱い一面がある生き物だということがわかったさびしい事件でした。

(2016/04/15)

バカ保育士

三重県名張市の保育園で五十代の女性保育士が一歳七ヶ月の女児を洗濯機の中に入れ一分間ほど放置するという出来事が二〇一六年の四月にありました。

洗濯機には水は入っておらず電源も切れていたため女児に怪我はありませんでした。保育士は「女児の行動を制するためにとっさにやってしまった」と説明していましたが、保育園側は不適切な行為だとしてこの保育士を保育業務から外したそうです。

二歳前後の幼児は活発に動き回れるようになっているにもかかわらず、大人の言うことを完全に理解できないという安全には一番注意を要する時期です。しかし、仮に緊急避難的なものだったとしても、やはり洗濯機に園児を入れることは感心できません。洗濯機は衣料品を入れるものであって人間を入れるように作られていないのです。本来の目的以外に使用することは事故につながるのです。大切な子供を預かる保育園だからこそ安全には細心の注意をはらってもらいたいものです。

ここまで書いて私はかつて人間が入ることを前提とした洗濯機があったことを思い出しました。一九七〇年に大阪で開催された万国博覧会で、電気メーカーのパビリオンに「人間洗濯機」なるものが出展されていたのです。これは人間が浴槽のようなところに入るだけで、あとはじっとしていれば機械がからだの洗浄をしてくれるという代物でした。

いまならセクハラと問題になるのかもしれませんが、水着姿の女性が衆人環視の中、人間洗濯機の中に入ると一斉に水が噴出し、やがて洗剤が混ざって泡だらけになり最後にすすいで終わる一連の工程が透明の窓から覗ける仕組みになったものでした。

ものぐさな中学生だった私は、こんな便利なものがあったら、入浴も面倒でなくなるとワクワクしながら見ていたものです。

それから五十年が経過した今、大阪万博に出展されていたものは無線電話や自動運転をはじめとして多くのものが実用化されています。しかし、「人間洗濯機」は実用化はおろか現代では話題にすらならなくなっています。

それは人工のものと違って人類の身体が複雑な構造になっており隅々まできれいにす

ることが機械ではできないからではないでしょうか。ロボット開発も随分と進んでいるようですが、やはり生身の人間を扱うのは機械には難しいようです。人間とはそれだけ繊細で尊いものなのです。

(2016/04/15)

居眠りバカ

電車の乗務員の呆れた勤務実態が次々と明らかになっています。二〇一六年二月、JR東日本の山手線では運転士が営業運転中に居眠りをして、その様子を乗客に動画撮影されてしまいました。

同年四月、中央線では出発前とはいえ運転士が運転席に座ったまま文庫本を読み、横浜線の車掌は走行中の乗務員室で漫画を読んだりと、やりたい放題です。スマホをいじっていたなんてことはしょっちゅうです。そのほとんどが乗客からの指摘により発覚していることからも、彼らにはそれが「許されないこと」だという感覚や「常に見られている」という緊張感があまりないのかもしれません。プロ意識なんてどこ吹く風です。

またJR西日本岡山支社が六十歳の男性車掌の処分を検討しているというニュースもありました。この車掌は普通列車に乗務中、列車の最後部の車掌室でなんと業務にまったく関係のない時代小説を読んでいたといいますから呆れてしまいます。

車掌の仕事といえば駅に到着するたびにドアを開け閉めしたり、停車駅の案内アナウンスをするなど運行中の列車に関する多岐にわたる業務があるはずです。ましてや普通列車ですから停車駅も多くその頻度は高いものです。それなのに心落ち着けてゆっくりと読書ですから恐れ入ります。

車掌は「乗客が少なく気が緩んだ。最近になり数回読んだ」と話しているそうですが、その少ない乗客に見つかって通報されたのですから悪いことはできません。

六十歳といえばベテラン中のベテランだけに、そんな男の不祥事は残念なかぎりです。長い乗務期間の中ではいろいろな経験をしてきたことだと思いますが、岡山県のローカル列車ですから大したトラブルもなく過ごしてきたのかもしれません。経験が逆に気の緩みを招いたのだとしたら危険なことです。

交通機関の関係者なら何もなかったのはただ運が良かっただけで、それが未来永劫継続するものではありません。安全は与えられるものではなく自らが作り出すものだということを肝に銘じていて欲しいものです。

列車内でゆっくり読書していいのはちゃんと切符を持った乗客だけなのは言うまでも

ありません。ただ、車掌をそこまで夢中にさせた小説とはいったい何だったのでしょう。小説家としては気になるところです。

（2018/12/28）

＊

そして在来線だけでなく、新幹線でも気のゆるみが蔓延しているようです。二〇一六年五月、ＪＲ東海の二十代の男性車掌が、走行中の東海道新幹線の運転室内で電子タバコを吸っていたことが判明しました。

運転室といっても運転士のいる先頭車両ではなく誰もいない最後尾での喫煙でした。この車掌が乗務していたのは「のぞみ」です。「のぞみ」には喫煙車は連結されていません。乗客にはタバコを吸うなと言っておいて自分は専用席でのうのうと紫煙をくゆらすとはどういう神経をしているのでしょう。こんなことでは、今後「タバコを吸いたいんで、ちょっと喫煙ルーム代わりの運転室に入れてくれませんか」なんていう客が現れても断ることなんかできません。

鉄道会社は大きな事故が起きる度に「今後は社員一丸となって安全を最優先していきます」という宣言を出しますが、これだけ不適切な出来事が続くと、それが末端まで共有できているとは到底思えません。

現代の列車は二重三重の安全措置が施されているので、なんとか事故が回避されているだけであって、本当なら大事故の連続です。機械、装置がどんなに優秀であってもそれを扱う人間がポンコツなら事故の可能性は永遠になくなりません。

（2016/05/20）

放尿バカ

日本の交通機関の定時発着率は世界トップクラスです。定時発着率とは飛行機や電車がいかに時刻表通りに運航（行）されているかという指針です。二〇一五年はＪＡＬ（日本航空）が世界第一位となりましたし、ＡＮＡ（全日空）も過去に一位を獲得しています。

電車も新幹線などは秒単位までしっかりと管理されていますし、在来線にしても朝夕のラッシュ時でさえほぼ定刻で運行されています。いかにも真面目で几帳面な日本らしい世界に誇れる一面です。

しかし、定時出発にこだわるあまりとんでもないことをしでかした運転士が現れました。二〇一六年九月、ＪＲ東日本の五十代の男性運転士が、乗務する電車を駅で停車させ乗客が乗り降りしている間にホームと反対側の運転室の扉を開けて線路に向かって放尿したのです。

　彼は駅に着く直前から尿意を催していました。なんとか安全に電車を停止しましたが、その時にはすでに限界近くになっていました。電車にはトイレ付き車両も連結されていましたが、その車両はほどよく混んでおりお客様に迷惑をかけるわけにはいかない、かといって駅のトイレまで走っていては出発時刻に間に合わなくなってしまう。どうしたものかと思案の彼の目に飛び込んできたのが反対側の扉です。その先には溜まりに溜まった小便をすべて余すことなく受け容れることのできる空間が広がっています。それを見た瞬間、彼は決断しました（知りませんが）。勢いよく扉を全開にすると、ズボンから一物を取り出し、用を足したのです。そして何事もなかったように、「出発進行」となったのでした。

　しかし、彼の一連の行動は線路を隔てているフェンスの外からはすべて丸見えでした。それを目撃した人はさぞ驚いたことでしょう。普段開くことの無い運行中の電車の、それも運転席の扉が開いたと思ったら、そこに立つ運転士がいきなりチャックを全開にして放尿を始めたのですから。当然のようにＪＲ東日本に苦情が寄せられ、会社は平謝りすることとなったのでした。

調査によるとこの運転士は過去にも数回同様の行為を行なっていたことがわかりました。車両のトイレは乗客優先、定時発着遵守など、この運転士は非常に真面目な方だったのでしょう。しかし、残念なことに小便が非常に近い人だったようです。運転席に尿瓶を携行することを思いつきさえしていたらさぞかし優秀な乗務員だったのに残念です。

(2016/09/23)

自転車バカ

商売を成功させる秘訣のひとつに正確な需要動向を把握するということがあります。どんなに素晴らしい商品でも欲しいと思う人がいないと、全然売れず商売としては失敗です。逆に需要さえしっかりと確保できていれば商売は半分成功したのも同じです。

世の中には需要を作り出して商売するという方法もあります。たとえば、かつて阪急電鉄は、宝塚歌劇団を作って乗客(観客)を増やしました。また沿線の住宅開発を行ない通勤での利用客を増やしました。その昔、読売新聞は購読者を増やすために、職業野球のチームを作りました。

しかし、いくら需要を増やす為とはいえ手段が明らかに間違っているという事件が、二〇一六年七月に岐阜で発生しました。

五十九歳の自転車販売修理業の男が駅前の駐輪場にとめてあった自転車のタイヤを画鋲でパンクさせたとして器物損壊容疑で逮捕されました。この駐輪場では同様の事件が頻発し警察が警戒していました。それらの犯行もこの男の仕業だったようです。男は「パンクさせれば修理の依頼が増え、店の売り上げが上がると思った」と供述しています。

いくら経営が厳しいからといって、自分で壊した自転車を自分で直すこんな「自転車操業」はいただけません。

（2016/07/15）

自転車泥棒の言い分

自転車といえば、駐輪禁止区域に駐めていたため撤去された自分たちの自転車を保管所から盗んで取り戻したとして、福岡県に住む二十三歳のアルバイトカップルが逮捕されたというニュースが二〇一八年九月にありました。

この二人は博多の繁華街のど真ん中の福岡市中央区天神に自転車を放置していたため、条例により強制撤去されてしまいました。人通りの多い場所では通行の邪魔になる放置自転車を排除するために行政は見回りを強化していますので当然です。

駐輪場所に戻り自分たちの自転車がないことに気付いた二人は、そこにある掲示で市に持っていかれたことに気付きました。普通の人間なら迷惑をかけたことを反省して手数料を支払って受け取りに行くのですが、二人は違いました。彼らは福岡市が管理する保管所の係員がいなくなる夜を待ちました。

そして日付が変わった午前零時過ぎ、二メートルもあるフェンスを乗り越え自転車保管所に侵入し驚きました。そこには数千台の保管自転車があったからです。いかに街中に放置自転車が溢れているのかがわかります。二人はその中を捜索しながら「あれかな、いや違う。これかな、また違った」などと言ったかどうかはわかりませんが、やっとの思いで自分たちの自転車を見つけ出し保管用ワイヤを切断し、再度フェンスを乗り越えて盗み出したのです。

二人は調べに対し、「納得いかないが、盗んだのは間違いない」などと言っているところをみると、「自分たちの自転車を勝手に持っていったのはそっちだろう。ただ取り返しただけだ」としか思っていないようです。二人のうちどちらか一人でもまともな感覚をもっていたならこんな事件は起こさなかったのでしょうが、男も女もバカだったのではどうしようもありません。

自転車は手軽な乗り物で日本では子供のころから誰でも乗れるものとして、おもちゃのように考えている人もいるようですが、実際は軽車両に分類されるれっきとした乗り物で道路交通法の適用を受けるものです。走る時も駐めるときもルールを守らなければならないのは当然です。

（2018/09/28）

内職ポリス

二〇一九年一月、警視庁と十七道府県警の警察官が、昇任試験の対策問題集の設問や模範解答を執筆し、民間の出版社から現金を受け取っていたことがわかりました。

この会社は二〇一〇年一月から一七年三月までの間に、警察官四百六十七人に対し、原稿執筆料として計一億円超を支払っていたそうです。中には五年足らずで千五百万円以上の執筆料をもらっていた人もいるようで、そこらへんの小説家が逃げ出すほどの稼ぎです。

余談ですが、本の印税は価格の一〇パーセントほどが一般的で、仮に千円の本なら百万円の印税を手に入れるためには一万部の発行が必要となります。出版不況の現代では、一万部はヒットの部類に入ります。その額を何人もの警察官が毎年コンスタントに稼ぎ出すのですから、一円も収入のない文筆家も多い中、原稿料番付の上位を警察官が占めるなんてことも案外冗談ではないのかもしれません。

さて、そんな売れっ子警官がいったいどんな原稿を書いていたのかというと、これがまたなんともお粗末なもののオンパレードだったようです。警察内部の資料や通達、ひどいものでは警察学校の教科書を丸写ししたものなどがほとんどで、そこには書き手の意思や主張はまったくなかったそうです。こんな簡単な小遣い稼ぎはありません。

出版社は警察内部の資料を手に入れるため、破格のギャラを奮発していたようですが、一番問題なのは捜査に支障が生じかねない内容が外部に漏れていたことです。そんな最も初歩的なことすら守れない人たちが作った問題や模範解答が警察の人事を決める昇進試験の基になるのですから、困ったものです。ところでそもそも公務員である警察官は副業禁止だったと思うのですが、どういう決着になるのか注目です。

(2019/01/18)

下ネタバカ

二〇一九年十一月に熊本県で開かれる予定の「女子ハンドボール世界選手権大会」の

ＰＲのために熊本市中心部に掲げられた垂れ幕が撤去されるというニュースが三月にありました。

その理由は垂れ幕に書かれていた文言に不適切な表現があったからというものです。私もそのポスターに書かれたキャッチコピーを見て呆れました。

「ハードプレイがお好きなあなたに」

「手クニシャン、そろってます」

まるで夜の繁華街でエロおやじを店に誘い込む看板のようなキャッチコピーです。コートの中での激しい接触を「ハードプレイ」、ハンド（手）ボールだけに「手クニシャン」と言いたかったのでしょうが、あまりにもお粗末な発想です。当然のように「女性蔑視だ」「ひどい」などの批判が相次いだそうです。このクレームは正しいものです。

この文言は熊本国際スポーツ大会推進事務局が競技関係者と協議して決定したそうですが、こんな下ネタ丸出しのコピーを「こいつは面白い！」と嬉々としていたなんて、いったいどんなメンバーだったのでしょう。これがウケルと考えるセンスにはがっかりするばかりです。

事務局は「魅力を発信したい思いで考えた」と言っていますが、これではピンク映画や風俗店の魅力アピールにはなっても、スポーツの最大の魅力である爽やかさは微塵も感じられません。必ずしもメジャースポーツとはいえないハンドボールですが、とんだことで注目を集める結果となってしまいました。関係者は反省する必要がありますが、選手たちに非はありません。日本代表チームには外野の喧騒は気にせず「テクニック」を駆使して「ハード」な試合を勝ち進んでもらいたいものです。

（2019/03/15）

バカ泥棒とバカ警官

「紺屋の白袴」「医者の不養生」という言葉は、専門家であっても忙しすぎて自分のことが後回しになるという警句ですが、二〇一九年二月、なんと大分県中津市の駐在所が空き巣被害に遭っていたことが分かりました。

駐在所とは街中にある交番と違って、警察官がそこで生活しながら地域の安全を見守るところですが、その入り口には他の警察施設と同様、赤い外灯が設置されており、すぐに警察だと分かるようになっています。おまけに今回被害にあった駐在所の敷地内にはパトカーまで駐まっていたのですから、よくもまあ泥棒も思い切って忍び込んだものです。

「虎穴に入らずんば虎子を得ず」は危険を冒さなければ大きな成果を得られないという例えですが、駐在所にそんなお宝が眠っているとも思えないし、どう考えてもリスクの方が大き過ぎると思うのですが、とにかくこの泥棒は駐在所をターゲットにしたわけです。

今回の事件は駐在の警官が帰省していた隙を狙われたようですが、まさか警察が一般の会社や家のように留守中の警備をセコムやアルソックに依頼するわけにもいかないのがつらいところです。泥棒に入られた警察なんてカッコ悪いだけでなく、市民の信頼も低下させてしまいます。今後は厳重な警戒で外部からの侵入は絶対に防いでもらいたいものです。

しかし、どんなに警戒していても、警察官自体が泥棒だったとしたらお手上げです。同じ月、新潟県警は窃盗容疑で長岡署に勤務する五十九歳の男性警部補を現行犯逮捕しましたが、この警官は通常勤務を終えた後、長岡市内のスーパーで一袋二百七十八円の菓子を盗んだのです。

県警によると、容疑者が万引きする様子を店の警備員が目撃し、店外に出たところを取り押さえたといいます。還暦前のいい年をした男が三百円もしないお菓子を盗もうとして捕まるなんて情けない限りです。あまりのせこさに書いていて涙が出そうです。おまけにこの容疑者は窃盗事件を主に担当する部署の係長だったといいますから、もうなんと言っていいかわかりません。

泥棒は自分の手口だけしか知りませんが、彼は多くの窃盗犯を見てきている盗みに関しては「プロ中のプロ」であるはずです。そんな男を捕まえたスーパーの警備員はお見事でした。

そういえば出会い系バーに通いつめ援助交際を求める女性に接することを「女性の貧困についての実地調査」と宣《のたま》った元官僚がいました。ひょっとしたらこの警部補も仕事熱心のあまりスーパーの保安状態をチェックするためにあえて万引きしたのかもしれません。

（2019/03/15）

3　理解不能なバカ

指名手配バカ

以前は誰かに撮ってもらわなければ自分の姿を写真に残すことができませんでしたが、最近は「自撮り」なる言葉もあるように自分で自分を撮影する機会も多いようです。

世の中にはそんな「自撮り写真」に強いこだわりを持っている人もいるようですが、二〇一六年一月、アメリカ・オハイオ州で、容疑者自らが公開された指名手配写真を「自撮り写真」に差し替えることを要求したというニュースがありました。

この容疑者は飲酒運転で摘発されたにもかかわらず、裁判所に出頭しなかった四十五歳の男です。彼は他に器物損壊や放火の疑いもあったため、警察はフェイスブックに同容疑者の逮捕されたときの顔写真を掲載して一般の協力を呼びかけていたそうです。

ところがそれを見た容疑者は、その手配写真が気に入らず、「こっちの写真の方がいい。あれはひどい」という一文を添えて自撮り写真を送りつけたのです。警察は最初の指名手配写真と並べて送られてきた写真も公開し、「この写真は容疑者本人から送られてきた。同氏の協力に感謝する。ただ、警察に来て事件について話をしてくれればもっと助かるのだが」と発表したといいます。じつにアメリカ人らしいお洒落なコメントです。

その後、この容疑者は逮捕されました。さて、この男が「あれはひどい」と言った逮捕されたときの写真とはどういうものだったかというと、ニコニコした笑顔の写真だったそうです。日本でしたら、「笑うんじゃない」と注意されてそんな写真は残らないと思うのですが、その辺もアメリカらしい大らかさです。

犯人は笑顔の理由を「見苦しい顔写真は撮らせたくなかったから」と供述していますが、撮影時には手配写真に使われるとは思っていなかったようです。たしかに笑顔の手配写真はなにかマヌケな感じでカッコ悪いと思うのもわかるような気がします。どちらにしてもアメリカとは不思議な国です。

（2016/01/22）

通報バカ

ちょっと似たような話が我が国でもあります。警察が傷害容疑で逮捕状をとり、行方を追っていた四十八歳の会社員の男が自ら一一〇番通報して逮捕された、というニュースが二〇一六年一月にありました。

この男は別に自首するために連絡したわけではなく、それどころか「自宅のガラスを割られた」器物損壊事件の被害者として一一〇番通報をしたのでした。

男の容疑は昨年九月に、当時十七歳の女性の顔を殴り、腹を蹴って怪我をさせたというものでした。きっかけは何だったのかは分かりませんが、若い女性に暴力を振るうなんてまともな男のすることではありません（もちろん相手が若い女性でなくても暴力はだめですが）。

呆れるのは、自らは傷害容疑で逮捕状を取られて逃げている身であるにもかかわらず、たかだか窓ガラスを割られて、被害者として一一〇番したことです。自分のやったことは棚に上げて、されたことには大騒ぎする典型的な「自己中心男」だったようです。

警察署幹部は「通報により所在が確認でき、逮捕につながった」と喜んでいるそうですが、こんなアホ丸出しの男ばかりなら警察も楽なのですが（笑）。

ところで会社員容疑者が被害者だと騒ぎ立てた「ガラスを割られた」事件のほうですが、こちらも同じ四十八歳の自営業の容疑者が逮捕されたそうです。興味深かったのは事件の原因です。

傷害容疑の男と自営業者の男が、女性のことで揉め（傷害の被害女性とは別の女性）、そのトラブルの結果、自営業者が窓ガラスを割ったというのです。

傷害事件と器物損壊事件、どちらも女性がからんでいます。傷害事件の男はあちらこちらでどれだけ女性にちょっかいをだしていたんでしょうか。それも揉めごとばかり起こしています。彼はこれ以上トラブルを起こさないためにも今後、女性に近づくのは控えたほうがいいと思います。

「女性を殴って怪我をさせる」「他人の家のガラスを割る」——こんな思慮のない短気な中年男が刑務所に入ったら、毎日けんかが絶えないことになるのではないでしょうか。

（2016/02/05）

バカ強盗

二〇一六年三月、前橋市で発生した強盗未遂事件の容疑者が即日逮捕されたとのニュースがありました。

この事件は、自転車・バイク販売店に四十九歳の無職男が押し入り、店番をしていた女性に刃物を突きつけ、「カネを出せ」などと脅して現金を奪おうとしましたが、女性に抵抗されたため何も取らずに自転車に乗って逃走していたものです。

幸い怪我がなかった女性は即座に一一〇番通報し警察に容疑者と自転車の特徴を伝えました。そのわずか数時間後に犯人が逮捕されることになるのですが、今回のスピード逮捕にはわけがあります。

それは逃走に使った自転車が前橋市の貸し自転車だったのです。その日の夕方、犯人は前橋駅へ自転車の返却に訪れたところを、警戒中の署員にいとも簡単に取り押さえられました。警察もさぞかしびっくりしたことでしょう。取り押さえた警官もまさか本当に律儀に自転車を返しに来るかは半信半疑だったと思います。

追われる身としては極力目立つ場所や見張られている可能性のある所には近づきたくないと考えるのが当然だからです。しかし、容疑者の男はやってきて、御用となりました。

不思議なのは、彼の中の善悪基準では、人のものは盗んでもよいが、借りたものは返さなくてはならない、というものがあったことです。しかしこれは珍しいことではないのかもしれません。というのは、強盗事件や窃盗事件で捕まった犯人は多額の借金を抱えていることが多いからです。つまり彼らは犯罪をしても金を返そうとしているのです。

どうも犯罪者の倫理観はいまひとつ理解できません。

（2016/03/25）

医薬品バカ

千葉県で二十代の女性が排尿困難、手足の震え、意識もうろう状態などの症状で病院に運び込まれたというニュースがありました。無承認・無許可の医薬品「ホスピタルダイエット」を服用したことが原因のようです。

県薬務課によると、この女性は二〇一五年十一月から錠剤とカプセル計八種類をタイから個人輸入して飲んでいたといいます。ダイエットというくらいですから、「飲むだけで痩せることができる魔法の薬」などの宣伝につられて買ったのでしょうが、「ホスピタルダイエット」と称する製品は国内で死亡事故を含む複数の健康被害が報告されているそうです。

これでは魔法の薬どころか悪魔の薬です。それにしても、この女性はあまりにも無防備すぎると思います。医者から処方されたわけでもない薬を、謳い文句を鵜呑みにして服用することのリスクを考えなかったのでしょうか。

しかし、この女性だけが特別意識が低かったのではないと思います。痩せ薬ではありませんが、夜の居酒屋で中年サラリーマンが性機能を高めるための薬をさも得意げに見せびらかしている様子を見たことがあります。聞くともなしに耳に入ってくる会話によると、「この薬は病院に行ってもらえるものと同じものだけど、個人輸入だから半値で手に入るんや」。それを聞いていた仲間が「ええなあ、ちょっと分けてくれよ」「しょうがないなあ、二回分だけだぞ」。

恐ろしいことです。病院で処方されるものと同じだなんて、誰に聞いたのか知りませんが、彼はそれなりの機関に持ち込んで成分を調べたのでしょうか。いや、多分彼も宣伝文句を鵜呑みにしただけに違いありません。

また、それをありがたく譲ってもらうだなんて、おめでたいにもほどがあります。「薬」は必ずしも病気を治すもの＝健康のために良いもの＝安全なものではないことをしっかりと理解すべきです。よく効く薬は副作用もそれだけ強力なのです。

（2016/02/26）

名前はキラキラしなくていい

山梨県に住む高校三年の男子生徒が、甲府家庭裁判所に願い出ていた改名が許可されたというニュースが二〇一九年三月にありました。

彼の元の名前は「王子様（おうじさま）」でした。王子ではなく王子様です。最初から名前に「様」が付いているのですからファミリーレストランや病院など外出先では「順番をお待ちの『〇〇おうじさま』様」となります。呼ぶ方も呼ばれる方もさぞかし戸惑ったことでしょう。彼はそんな自分の名前がイヤで嫌で仕方がなかったのでしょうが、その気持ちはわかります。

ただ、「王子様」という名前は、大切な息子が自分にとって唯一無二の王子様のような存在という母の思いが由来だったそうで、彼の希望は別として今回の決定に両親は複雑な気持ちだと思います。

何年も前からキラキラネームと呼ばれる一風変わった名前をつける親が増えました。天馬と書いて「ぺがさす」、飛翔と書いて「じゃんぷ」などはまだなるほどと思う部分もありますが、星影夢（ぽえむ）、皇帝（しいざあ）となるともう訳が分かりません。

キラキラネームが流行《はや》る理由のひとつに、名前は必ずしも漢字の読みそのものでなくても認められることがあります。極端にいえば「尚樹」と書いて「キャサリン」と読んでもいいのです。

子供の数が七人、八人と多かった昔の名前は簡単なものがほとんどでした。読み方も漢字の音訓そのものでしたし、さらに最初の子供は太郎や一郎、二郎は当然次男、末男や留吉は名前で末っ子と推察できたものです。百人いたらほぼ全員が「なおき」と読める私の名前「尚樹」も、今の子供たちから見たらもはや前時代的な名前なのかもしれません。

以前「悪魔」の名前での出生届が不受理となって騒動になったことがありました。それに比べたら、キラキラネームとはいえ親が子供の幸せを願っての命名を全否定することはできません。

しかし子供は死ぬまでその名前と付き合っていかなくてはならないのです。面白がっているわけではないでしょうが、ペットではないのですから、一時の思いつきや盛り上がりで一生のものとなる名前をつけることはどうかと思います。

(2019/03/22)

第四章　血税を食べるバカ

私たちは生きていく上で、社会から様々な恩恵を受けています。蛇口を捻れば清潔な水が出ますし、トイレでレバーを押すだけで、汚水が家の中から流れていきます。夜になっても、スイッチ一つで電灯が灯ります。道路は整備されていますし、急な病気には救急車がやってきます。

こうしたことはすべて税金で成り立っています。今あるインフラは私たちの父や祖父たちが納めてくれた税金で作られたものです。そして現在を生きる私たちの税金も同じように社会を築いていくうえで必要なものです。

ところが、その税金を食い物にして貪っているとんでもない奴らがいます。これは「バカ」というよりも、「寄生虫」と呼ぶべき存在かもしれません。

1　生活保護を悪用する人たち

生活保護費の振込

二〇一五年十一月、大阪市西成区のコンビニ店に強盗が入りましたが、店員が非常ボタンを押したため警察が駆けつけ、六十五歳の無職男が現行犯逮捕されました。

年末にかけてコンビニや牛丼店などの深夜営業をしている店舗が狙われるケースが増えてきます。十分な注意が必要です。しかし、今回この項であえて取り上げるのは強盗事件がテーマではありません。いまの日本の社会福祉制度に一言あるからです。

今回の犯人は無職でしたが、生活するにはお金が必要です。いままでどうやって生きてきたのでしょうか。実はこの男はずっと生活保護費を受給していたのです。ところが、今月はその生活保護費を酒とパチンコで使い果たしてしまい、あろうことかコンビニ強盗を思い立ったといいます。

生活保護費は大阪市の場合、口座振込では月末、手渡しでは月初めに支給されるといいますから、残り数日分が足りなくなったようです。この男は単純な計算もできないのでしょう。

ところで支給方法として口座振込は妥当なのでしょうか。一度申請が受理されると毎月待っているだけで黙っていても口座に保護費が入金されるとなったら、誰でもその権利を失いたくなくなると思います。また、使い道のチェックがなければこの男のように酒やバクチに浪費する者もでてくるでしょう。

失業保険の場合は月に一回、職業安定所に出向き、対面で就職活動状況を報告しなければ支給されません。顔を合わせての報告ですから、ウソもつきにくくなりますし、毎月の出頭が面倒くさいので早く仕事を見つけようと努力もします。

それに比べて受給者の利便性を考えてか、行政側の手間を省くためかどちらかはわかりませんが、生活保護の受給はハードルが低すぎます。今回の事件があった大阪市は全国でも有数の「生活保護受給者天国」と言われています。他の地域に比べて申請が通りやすいと評判になり各地から受給希望者が流入してきました。大阪市は審査を厳格化するとともに、現在の支給状況も適正かどうか精査する必要があると思います。そうでなければ総支給金額がますます増え続け、そのうち制度自体が破綻し、本当に必要とする人たちに支給できなくなってしまいます。

(2015/12/04)

生活保護とパチンコ

生活保護受給者がパチンコなどをした場合、給付の一部を停止してきた大分県別府市と中津市の両市が、国と県からの指摘により、来年度から停止措置を行わないようにするとのニュースが二〇一六年三月にありました。

受給者がパチンコなどをすることを直接禁止する規定が無いことがその理由だそうで、厚生労働省は「法的根拠がない」として、別府市と中津市の措置に対して反対していますが、いつものお気楽なお役所仕事ぶりには呆れるばかりです。

根拠がなければ作ればいいのです。生活保護費は最後の命綱として必要なわけで、パチンコなどのギャンブルに使っていいはずがありません。そもそもパチンコする時間や体力、気力があるなら働いたらいいのです。働くことができなくて生活がなりたたないから保護申請したのではないのですか。納税者からは「受給者が浪費するのは疑問」という声も上がっているそうですが、当然です。

別府市は二十五年以上前から生活保護費がパチンコなどに使われることを問題視し、市職員がパチンコ店と市営競輪場を巡回していたそうです。そして受給者を発見すればその都度指導していました。それでも従わない場合に支給停止に踏み切っていました。段取りをしっかりと踏んでおり、なんら問題はないはずです。

「衣食住だけが生活ではなく少しの娯楽もその一部として認められる」という意見もあるようですが、パチンコでなくても金の掛からない娯楽はほかにいくらでもあります。生活保護費は本来の目的以外に使うことは許されるべきではありません。

そもそもパチンコは娯楽と言えるでしょうか。あれは賭博です。私たちが汗水たらして働いた税金を、賭博に使っていいはずはありません。

昨年十一月には大阪・西成でパチンコで支給された生活保護費を使い果たし、コンビニ強盗を働いた男がいたということを付け加えておきます。

（2016/03/25）

生活保護とブログ

愛知県の社会保険労務士のブログが不適切だとして問題になっているというニュースが二〇一五年十二月にありました。

社会保険労務士とは労働関連法や社会保障法に基づく書類の作成代行や企業の労務管理や社会保険に関する相談・指導を行ういわば労働関係のプロです。そんな社労士の書いたブログのタイトルは、なんと『社員をうつ病に罹患させる方法』。これは「上司に逆らったり遅刻を繰り返す社員を鬱病にして会社から追い出したい」という質問に対する回答として書かれたものでした。

質問者がなぜ不良社員を辞めさせるために鬱病にしたいと考えたのかは今一つわかりません。現在では鬱病もその発症要因が仕事に関連していたら労災認定される時代です。労災になれば企業も責任を問われることになります。この社労士は企業が顧客ですから、そのニーズに応えようとしたのでしょうが、これだけブラック企業が問題になっている昨今「自殺しても、鬱病の原因と死亡との因果関係が無いような証拠を作っておくように」とまで指示したのはやはりやりすぎだったと思います。

しかし、ここでの質問者の会社はそんなに悪い会社だと言い切れるのでしょうか。たしかに「鬱病にして云々」というのは感心できませんが、そもそも上司に逆らったり遅刻を繰り返す従業員のほうにも大きな問題があります。パワハラだ、モラハラだと労働者の権利ばかりが注目されがちですが、そのまえに真面目に働くという義務があることを忘れてはなりません。

会社を経営している友人に聞いた話ですが、せっかく採用した従業員の中には失業保険が貰えるようになるとすぐに退職し、給付期間が過ぎればまた貰えるようになるまでの期間だけ働くことを繰り返す者もいるといいます。本人にしてみれば給付を受ける権利があるのだから、それを最大限活用して何が悪いんだ、となるのでしょうが、人員計画をめちゃくちゃにされるほうはたまったものではありません。

そして、そういう人は年を取って働けなくなると今度は、生活保護は当然の権利だと言って受けるのでしょう。失業保険も生活保護も真面目に一生懸命働いている人たちの保険料や税金が原資だということがちっともわかっていません。

その経営者はつくづく言います。「労働者は弱い者だというのは大企業ではそうかもしれないが、中小企業では会社のほうがよっぽど従業員に翻弄されている」

雇うほうも雇われるほうも面倒な時代になってしまいました。

（2015/12/25）

生活保護と肥満

現在（この記事が書かれたのは二〇一六年十月）、わが国の生活保護受給者は二百万人を超え人口の約一・七パーセントとなっています。すなわち国民百人に対して二人弱の方々が生活保護を受けている計算になります。そして、そんな受給者を対象とした調査で四十歳以上の男性では、三人に一人（三二・七パーセント）がメタボリック・シンドローム（内臓脂肪症候群）と診断されたことがわかりました。

これは受給していない人の二一パーセントより一〇ポイント以上高い結果です。受給者の女性は一七・五パーセントと男性に比べると割合は少ないのですが、それでも非受給者の女性の約三倍ということです。その理由として受給者は健康への関心が低く、食事も安くて高カロリーのジャンクフードなどに偏っていると推測されているようです。

メタボリック・シンドロームとはそれ自体は病気ではありませんが、そうでない人たちに比べていろいろな成人病を発症するリスクが高いことが確認されています。いわゆる成人病予備軍と言われる所以《ゆえん》です。病気になって病院に行けば当然、医療費がかかります。しかし、生活保護受給者の医療費支払いは免除されています。すべて国が肩代わりしているからです。

財政のことを考えると、自己負担のない彼らこそ健康に注意して医者にかからないようにしなければならないのに、どうやら逆の結果になっているようです。

今や健康もお金で買う時代です。生活に余裕がある人は通常の食事のほかに健康サプリメントを服用し、また、体力増強のためにスポーツジムに通い、究極はエステティック・サロンで痩身美容施術を受けることもできます。生活保護を受けなければならないほど困窮している人たちは当然そのようなことはできません。

ならば、ある程度の不健康は仕方が無いのかとも思えるのですが、どうやらそうとも言い切れないのが同時に発表された内容です。それは喫煙者が対象者のうち男性で四割以上もいることが分かったのです。これも生活保護を受けていない人より割合が高くなっています。

五十代にいたっては半数以上の人が喫煙者です。タバコを吸う習慣が健康に大きな影響を及ぼすことはすでによく知られています。国や自治体から貰った公的なお金でタバコを買い、健康を害して病院に行き再度公的なお金で治療を行なう。これってどうなのでしょうか。

生活保護受給者から嗜好品を含めて、楽しみのすべてを奪えというつもりは毛頭ありませんが、やはり支給されているそれらのお金は多くの国民の税金から賄われていることに少しは思いを巡らせて欲しいものです。いずれにせよ病気になって一番苦しむのは当人だということは国民全員に共通することです。

（2016/10/07）

生活保護と家賃

二〇一六年十二月、市区町村が生活保護者の生活保護費から家賃の天引きを行なうことを可能にする制度を導入するというニュースがありました。

これは生活保護受給世帯の家賃滞納を懸念する大家が入居を渋るのを防ぐことが狙いだそうで、今年（二〇一七年）の通常国会で住宅セーフティーネット法改正案として提出されるものです。生活保護は最低限の生活を保障する制度ですが、いくら現金が支給されようとも、『住』が確保されなければ生活の安定は見込めません。その意味では今回の制度改正は有意義なものとなるでしょう。

現在、全国の生活保護の受給率は二パーセントに迫る勢いで増加しており、すなわち百人いたら二人弱が保護対象で、中でも大阪府は三パーセントを大きく上回り、全国の都道府県でトップとなっています。大阪の小学校では、一クラスに一人が生活保護の家庭の子供だと考えればその多さも実感できると思います。

これがアジアＮｏ．１の先進国の実態なのです。

なぜこんなにも高い数値になっているのかを考えると、そこには悲しい仮説が浮かび上がります。それは本来働くことができない人に支給されるべきである生活保護費が、働くことができる人にも渡っているのではないかということです。

しかし、そんな人たちを一概に責められないのは今の賃金水準にあります。最低賃金が生活保護費を下回っているとしたらまともに働いた方が損をすることになります。一ヶ月間一生懸命働いて得た給金が、申請するだけでもらえる生活保護費より少ないなんて、労働意欲を失っても仕方がありません。そして、その少ない賃金から生活保護世帯では免除されている税金や医療費を支払うとなったら、その差はますます広がります。はっきり言って、真面目に働くよりも生活保護を受けるほうが豊かな生活ができるとなれば、誰だって嫌になります。

この矛盾を解消しない限り、不正受給（と言っては厳しすぎるかもしれませんが）はなくならないでしょう。

本来、日本人は他人様のご厄介になることを恥じる民族でした。そのために本当に援助を必要とするはずの人が申請をせず、悲しい結末になった事例もたくさんありました。

それがコスパ（コスト・パフォーマンス＝いかに効率よく儲けるか）を重視する人が増えてきた現代ではそんなものお構いなしになってきているとしたら、情けない話です。しかし、これはあくまでも仮説であって、証明されないことを願わずにはいられません。

（2017/01/06）

大阪市長の正論

二〇一七年八月、大阪市の吉村洋文市長（当時）が、生活保護の不正受給を防ぐため窓口での本人確認に、顔写真付きのカードを利用することを検討していくと明らかにしました。現在、大阪市では全二十四区のうち四区のみで顔写真入りの確認カードを使っていますが、それを全区に拡大しようというものです。

大阪は全国トップクラスの生活保護受給率で、中にはその必要がないのにもかかわらず、貰えるものなら貰ってしまおうとする不届き者がいることは確かです。そんな輩は徹底的に排除し、本当に必要としている方たちにのみ行き渡るようにしなければ、いくら財源があっても足りません。

今回の表明に対し、早速、人権派の人たちから「不要な個人情報の収集」や「肖像権の侵害」などの反対意見が出てきていますが、彼らはいったい何を恐れているのでしょうか。免許証やパスポートには顔写真が付いています。本人確認のためには一番確実な方法だからです。写真があって困るのは「確実な本人確認」をされて何か不都合なことがあるからなのかなと、勘ぐってしまいます。

生活保護は公に認められた制度であり、本当に必要とするならなんら遠慮することなく申請・受給すればいいのです。もし、そこに後ろ暗い事情があったなら、そりゃ、確認されるのは嫌でしょうし、バレることも心配でしょう。

現在、この確認カードを使用していない区では窓口で氏名や住所、生年月日で本人確認をして支給しているといいます。しかし、それでは手続きに手間がかかりますし、なによりも本人になりすまして横取りすることも簡単にできてしまいます。今回の改正を最も歓迎しているのは、本当に生活保護を必要とする人たちではないでしょうか。

(2017/09/08)

ジェネリック医薬品と生活保護

二〇一八年一月、厚生労働省が生活保護受給者には基本的にジェネリック医薬品を使うことを生活保護法に明記する方針を固めたというニュースがありました。

ジェネリック医薬品とは先発医薬品の特許が切れたあとに発売された薬で、同じ成分、同じ効き目でありながら値段が安く設定されています。

近年、生活保護受給者の増加により国の財政が圧迫されていることはよく知られていますが、生活保護が認定されると、生活費を支給されるだけでなく、医療費もすべて無料になるのです。そしてその医療扶助は生活保護費約三兆七千億円のうち約一兆八千億円と半分を占めているのです。この医療費を抑えることが全体の削減につながることは明白です。ジェネリックは先発薬の半分から二割以下の価格のものもあるようで、これを利用しない手はありません。

しかしこのような決定があると、「弱者切捨てだ」や「受給者差別だ」と叫ぶ偏った人権主義者が必ず現れてくるのは困ったものです。なにも効かない薬しか与えないと言っているのではなく、成分も効能も同等なただ値段が安いだけのものにしようとすることに何故反発するのでしょう。被害者意識も大概にしてもらいたいものです。

一般的に値段が高いものが上等、優れていると考えがちですがジェネリック医薬品に関してはそうではないのです。それでもなお、どうしても先発薬がいいというのならそれこそ自己で差額を負担すればいいだけです。生活保護を受給していない人でも自己負担を抑えようとジェネリックを選択する人はいくらでもいます。また、医師がどうしても先発薬を処方する必要があると判断したときには、今まで通り無償で提供されるそうですので、まったく反対する理由はありません。
それにしてもあらためて感じるのは先発薬と後発薬の値段の差です。先発薬には開発費用などのコストがかかっているので高くなるのはわかりますが、それらを特許切れまでにすべて回収できる値段設定になっているのだとしたら、我々は随分と高いものを買わされていることになります。それに病院で処方される薬はすべて「言い値」で、まけてくれることなんてありません。かといって病気になっては薬に頼らざるを得ませんのでお手上げです。我々には薬に頼らない健康なからだを作る以外、対抗手段はないのです。

（2018/02/09）

2　税金を狙う人たち

インチキ高校

二〇一六年三月、三重県のある高校が国の就学支援金を不正に受給していた疑いにより、生徒の新規募集を停止させる通知が出されたというニュースがありました。

この学校は「公立」でも「私立」でもない「株式会社立」というものだそうです。これは文字通り株式会社が設置運営するもので、私学助成金などが受けられないなどの不利益がありますが、自由にカリキュラムを組んで独自色を出せる利点があるようです。

しかし、いくら独自色といってもそれはないだろうというような呆れた教育実態がわかりました。この学校には通信制課程がありますが、その生徒たちは一定期間を対面授業のために本校に通わなければなりません。昨年そのために全国各地からバスなどを使って登校させた時の授業内容がもう呆れるほどぶっ飛んだものでした。

通学時にバスの中で外国映画を観るのが「英語」の授業、途中ユニバーサル・スタジオ・ジャパン（ＵＳＪ）に立ち寄ってお土産の買い物をするのが「数学」の授業、神戸で二時間夜景を見るのが「美術」の授業、レストランで夕食を食べるのが「家庭科」の授業、アイスクリームの手作り体験をするのが「社会」の授業、挙句の果てに駅から学校まで歩くのが「体育」の授業として単位を与えていたというから面白すぎます。

近代日本を代表する彫刻家の一人、平櫛田中の名言に「勉強勉強、人生すべて師なり」があります。生きていくうえで遭遇するあらゆるものから学ぶものがある、ということでしょうが、それを実践したとしても、拡大解釈のし過ぎです。

文部科学省は「学習指導要領から大きく逸脱した内容で、高校生への教育とは認められない」と言っています。当たり前です。

現在在籍している千二百人の生徒の一部は授業のやり直しが必要となるようです。今度はちゃんとした授業になりますので、一度楽を覚えた生徒はその落差に唖然とするのではないでしょうか。

(2016/03/11)

教育の無償化

「おおさか維新の会」が作成している憲法改正原案の中に、幼稚園から大学までのすべてを完全無償化するものが含まれていることがわかりました。これは現在の憲法二六条

「義務教育は、これを無償とする」という条文の義務教育というところを「幼児期の教育から高等教育に至るまで」に変更するというものです。

教育は国家の未来の為に一番重要であるということには異論はありませんが、幼稚園はまだしも大学まですべてタダにする必要があるのでしょうか。ほとんどの子供が高校に進学するからと高校無償化が実現して久しいのですが、大学にもそれを当てはめるのは、はっきり言って無理無駄が多すぎると思います。

少子化の影響もあり、もはや選り好みをしなければ、希望者は全員が入学できる時代です。まだ働きたくないからと進学したり、入学しても遊んでばかりの学生に税金を投入する意味があるとは到底思えません。まして小学生程度の漢字も読めない大学生や、分数の計算もできない大学生の授業料を税金で賄うなど、まさにお金をドブに捨てているようなものです。応援するのは本当にやる気のある優秀な学生だけに限るべきです。

ところで最初から無償の学校といえば、三月二十一日に卒業式のあった防衛大学校の今年（二〇一六年）の卒業生の一割以上にあたる四十七人が任官拒否をしたことがわかりました。

任官拒否とは卒業後、自衛官にならずに他の職業を選ぶことです。防衛大学校は将来の自衛隊の幹部を養成する学校として学生は在学中、特別職の国家公務員の身分で学生手当という毎月の給料だけでなく期末手当と称するボーナスまで支給されています。当然、学費は無料です。

その代わり卒業したら立派な自衛官となって国のために働いてくださいというわけです。言ってみれば任官拒否は入学時に交わした契約を反故にする行為です。職業選択の自由がある以上、首に縄をつけて任官させることはできませんが、問題なのは、拒否しても四年間の給料はもちろん学費すら返還しなくてもいいことです。繰り返しますが、彼らの授業料その他の費用はすべて税金で賄われているのです。

費用返済を求められない理由には入学希望者の減少を懸念する意見があるようですが、その発想は完全に間違っています。任官を拒否したら授業料を返還するのが嫌という理由で受験しない学生は、最初から入学してもらう必要はないのです。景気がよくないから公務員になるとか、民間のほうが条件がいいからそちらに進路変更をするような軽い気持ちでない、真剣に自衛官を志望する学生だけを集めればいいのです。（2016/03/25）

期限切れのパン

子供の貧困対策の一環として福岡県が二〇一六年度から始める、コンビニエンスストアから消費期限間近なパンなどを無償で譲り受けNPOや支援団体を通じて困窮層の子供たちに提供する取り組みに賛否両論が集まっているそうです。

これはコンビニの多くが、消費期限が残り一日程度になれば店頭から下げて廃棄処分にすることに着目し、それを食糧に困っている子供たちに食べてもらおうというものです。全国初の試みとして注目されていますが、このアイデアにもまたまた偽善者たちが反対の声を上げました。

「売れ残りの商品を子供に提供することにより、困窮家庭の子供たちへの偏見やいじめを助長したり、子供たちのプライドを傷つけたりしないか心配だ」と言うのです。

対して福岡県保護・援護課は「支援する大人が手渡して見守ることで、心もおなかも膨らむ効果はあると考えている」と話しています。

反対派の言っていることもわからないではないのですが、今日明日食べるものにも困る絶対的貧困下の子供たちが存在していることもまた現実です。空腹な子供たちはなんでもいいから先ずはお腹いっぱい食べたいのではないでしょうか。消費期限が近いとはいえ傷んでいるものではありません。安全も担保されているかぎり、空腹を満たすことを最優先に考えるべきです。

コンビニをはじめとする小売店が大量の食品を廃棄することには、本当は誰もが「もったいない」と感じているはずです。棄てるくらいならタダで消費者に配ってくれたらいいのにと思う人も少なくないでしょう。ただ、もしそんなことをすれば、消費期限が切れるまで待つ人が多く出てくることが考えられます。そうなれば店としては当然売り上げが落ちます。そのために、わざわざ処分代金を払ってまで廃棄にしているのです。

それを有効活用しようとする福岡県の試みは、無駄の削減という意味からも有意義なものではないでしょうか。それに反対する人は、自腹を切って貧しい子供たちに消費期限がたっぷりと残っているパンを支給してもらいたいものです。

（2016/04/15）

生活保護詐欺

二〇一八年十月、七十八歳の生活保護受給者の女性から百二十万円を騙し取ったとして逮捕されていた四十三歳の名古屋市職員が、逮捕後の取り調べの中で別の受給者にも詐欺をはたらいていたことが分かり再逮捕されたというニュースがありました。

今回の新たな容疑は一七年八月、生活保護のケースワーカーとして担当していた六十八歳の男性に年金収入があることを知り、「区役所に生活保護費を返納しなければならない」などと虚偽の説明をして現金約二百万円を男性の自宅で直接受け取っていたものです。生活保護とは生きていく上での最後の命綱です。職権を利用してその上前をはねるような真似をされたのでは、行政をまったく信用できなくなってしまいますので厳罰に処して欲しいものです。

しかし、少し不思議に思うのは、今回も前回も被害者が百万円以上の現金をすぐに用意しているところです。そんなお金がありながら、なぜ生活保護を申請・受給しているのでしょうか。生活保護のお金をちびちび貯めたものかもしれませんが、月に二万円貯めても百二十万円を貯めるには五年かかります。二百万円なら八年以上かかります。

また容疑者から「返済しろ」と言われて、すんなり応じているのも、少し引っ掛かります。これは穿ちすぎかもしれませんが、もしかしたら被害者の方にも後ろめたいところがあったということはないでしょうか。生活保護の不正受給のニュースを見すぎたので、疑り深くなっているのでしょうか。

容疑者は容疑を否認していますが、発覚しているのは氷山の一角で、まだまだ余罪があると思います。そして全国にも、似たような不正がまだまだたくさん隠れていても不思議ではありません。各自治体は再度、生活保護の支給状況を精査する必要があるのではないでしょうか。こんなことがまかり通っているのではいくら予算があっても足りません。

(2018/11/25)

ふるさと納税のパラドックス

二〇〇八年から始まった「ふるさと納税」を巡って、二〇一九年に大阪・泉佐野市と総務省が大バトルを繰り広げています。

住民税は住んでいる地域に対して納めるものですが、地方から都会に出てきている地元を応援したい人たちが自分の「ふるさと」に寄付をし、その金額が納めるべき税金から控除される、というのが本来の「ふるさと納税」のイメージです(所得税からの控除もある)。

しかし、いくら故郷とはいえ、何のメリットもなしで面倒な手続きをする人はそう多いはずもなく、そこで考え出されたのが「お礼」(返礼品)です。実質自己負担二千円で返礼品がもらえるとなると、寄付者は爆発的に増えました。そうなると今度は、少しでも多くの寄付を集めようと自治体間の返礼品競争が始まりました。

そもそもふるさと納税には、返礼品は過熱を避けるため「寄付額の三割以下」、また地場産業振興のため「地場産品に限る」という原則がありましたが、各自治体はそんなものはお構いなしに高級食材だけでなく、電化製品や商品券など寄付者が喜びそうな品々を数多く並べたのです。

その結果、当初の目的であったふるさと応援のための寄付ではなく、最初に欲しい品物が決まり、その結果、縁もゆかりもない自治体に寄付をするという、そこには「ふるさと」なんてまったく関係のない、ただのカタログ・ショッピングが出来上がってしまったのです。

泉佐野市も寄付額の五割相当の、かつ地元の特産物ではない人気返礼品を数多く用意したおかげで、二〇一七年度は総額約百三十五億円の日本一の寄付金を集めました。

何事も目立てば叩かれます。総務省は再三にわたり是正を勧告しましたが、泉佐野市はそれを逆撫でするかの様にさらに今年（二〇一九年）の二月からテレビショッピングの「利益還元セール」さながら百億円分のアマゾン・ギフト券を返礼品とする「百億円還元閉店キャンペーン！」を開始したものですから、もはや仁義なき戦いです。

一九年六月以降、違反自治体はふるさと納税制度から除外する地方税法の改正案が今国会で成立する見込みで、泉佐野市は「閉店キャンペーン」と銘打っているように、完全に施行前の駆け込みでの寄付を狙っています。

泉佐野市長は「特産品の乏しい地域が知恵をしぼって寄付を増やしているんだ。その努力を認めないで一方的に規制するのはおかしい」と言っています。たしかに競争原理による活性化で有形無形のメリットが生じることはあるでしょう。しかし返礼品が高くなればなるほど、全国トータルの税収は実質的に減ってしまうことも事実です。

もし全国の自治体がふるさと納税の二〇パーセント分を返礼品で還元すれば、ふるさと納税の総額から二〇パーセントは消えてしまうということになります。本来、住民税は日々のゴミ処理や道路整備など身近なところに使われます。それなのに二割もギフトに使われるということになれば、自治体にとっては実質的な減収です。

返礼品目当てで「ふるさと納税」をする人も多いでしょうが、税収が減ったから増税だ、なんてことになったら元も子もありません。

（2019/02/22）

（※二〇二〇年一月、大阪高裁の判決は、予想通り泉佐野市の敗訴となりました。市は上告しましたが、見苦しい限りです。）

第五章　公務員の楽園

税金を貪り食っている輩の中には、「自らの行為が犯罪である」という意識のない者もいます。それは「公務員」です。役所や官庁は民間会社ではないので、自らは一円も稼ぐことはありません。彼らの活動の資金はすべて国民が働いて納めた税金です。

にもかかわらず、まるで天から降ってくるお金と勘違いして、ジャブジャブと使い放題の役人は日本中にいます。そういう「バカ」を役所から一掃できれば、日本は素晴らしい国になるでしょうが、おそらく私が生きている間は無理でしょう。そして私の孫の時代になっても、彼らは消えてなくならないでしょう。

1　役人と書いてバカと読む

愚かな官僚

東京オリンピック・パラリンピックの主会場となる新国立競技場の問題で、東京都と文科省が揉めているそうです（この記事が書かれたのは二〇一五年六月）。

揉めているのは金の問題らしいので、外野がどうこう言えることではありませんが、日本人としては情けない気持ちがします。国家的プロジェクトに、なぜ都と文科省（国）が手に手をとって協力できないのでしょうか。

新聞や週刊誌によれば、このままではオリンピックまでに競技場が完成しないといいます。文科省も東京都も、お互いに「完成しないと困るだろう。世界に恥を晒したくなければ、譲歩しろ」と、我を通そうとするのは目に見えています。

舛添要一知事（当時）は文科省のことを「責任を取らない日本帝国陸軍と同じ」と言いましたが、現場で働く人たちから見れば、「お前もその参謀本部の一人だろう」という気持ちでしょう。

帝国陸海軍の話が出たので言いますと、日本は大本営や司令部がむちゃくちゃな作戦をしてきても、第一線で戦う兵隊が必死に頑張ってやってきました。上層部の愚かな作戦や命令のせいで兵隊たちがどれだけ悲惨な目に遭ったかしれません。いや、前線の兵隊の頑張りによって、無謀な作戦が成功したケースがどれだけあるか。

今回の国立競技場も、上が相当ごちゃごちゃになっても最終的には開会式までには完成するでしょう。しかし、それは末端の現場で働く人たちの驚異的な頑張りによってなされるのです。そして完成したら、上の者たちが手柄を奪い合うことでしょう。うんざりです。

（2015/06/15）

給食のルール

和歌山毒物カレー事件とは一九九八年七月に和歌山市園部地区の自治会が主催した夏祭りで、提供されたカレーを食べた六十七人が体調不良を訴え病院に搬送され、うち四人が死亡したというものです。警察による捜査の結果、カレーライスに猛毒のヒ素が混入されていたことが判明し、近くに住む主婦が逮捕されました。裁判の結果、二〇〇九年五月に最高裁で死刑が確定しましたが主婦は無実を訴え現在も再審を求めています

(この記事が書かれたのは二〇一五年八月)。

今回この項で取り上げたのは、事件そのものではなく、この事件を振り返った記事の最後の一行が気になったからです。そこにはこう書かれていました。

「地元の小学校では事件の影響で、今も給食の献立からカレーを外している」

たしかに事件直後は、カレーに対する恐怖感や拒絶反応はあったかもしれません。しかしあれからもう十七年(当時)も経っているのです。もちろん、現在、地元の小学校に通う小学生たちは全員、事件の後に生まれています。にもかかわらず、今も学校の給食のメニューからカレーが除かれているというのは驚きです。

この決定をしているのが学校側なのか保護者側なのかわかりませんが、カレーといえば全国どこの学校でも給食の好きな献立ランキングで常にベスト3に入るといわれている人気メニューです。しかし、この町の小学生たちは学校の給食でカレーを食べることができないのです。

人に優しい配慮をするのは大切ですが、日本ではこういうとき、過剰に反応します。情けないことに、それが日本のお役所です。「もう十七年も経ったから、カレーのメニューを復活させようではないか」と誰かが提案したりすれば、「では、批判が来たら、お前が責任を取るのか」と言い出す人間が必ず出てきます。で、結局、メニューの復活は消えるでしょう。

敢えて言いますが、カレーをメニューから消し続けるのは、優しさでも何でもない、ただ批判が来るのを怖れた大人の事情にほかなりません。

（2015/08/07）

（※この文章を書いてから四年が経過し、事件があってから二十一年が経ちましたが、今も地元の小学校では、給食の献立からカレーを外しているそうです。）

カレーに責任転嫁するバカ

カレーに責任をかぶせるのは和歌山市園部地区だけではありません。

二〇一九年十月、神戸市の東須磨小学校で発覚した教員間の「いじめ問題」に関して開催された保護者向け説明会で、学校側は「カレー給食の中止と家庭科室の改修」を発表しました。

その理由を「いじめ」のひとつに激辛カレーを無理やり食べさせたり目に塗ったりするものがあり、またその現場が家庭科室だったことで児童がショックを受けているからと言うのですから、ピント外れも甚《はなは》だしいものです。

たしかに子供たちの中には先生が先生に暴行を加えられている映像を見て不登校になっている子もいるようですが、それは行為そのものに嫌悪感を覚えているのであって物や場所に対してではないはずです。それを無理やり結びつけ、いかにも子供のことを第一に考えているようにするのは自己保身のための大人の勝手な都合にほかなりません。

カレーは我々世代から現在に至るまで人気給食ランキング上位の定番メニューです。それを学校は奪おうとしているのです。今回の措置は子供たちに、そしてカレーに対する学校側の〝いじめ〟そのものです。そもそも家庭科室の改修費用はいったい誰が支払うのでしょうか。加害者なのか、校長なのか、あるいは連帯責任で教職員全員なのか、まさか税金から捻出しようなんて考えていないでしょうね。

本当に子供たちに必要なものなら、いくら税金を使っても構いません。しかし、今回は「私たちはこんなに善後策を頑張ってますアピール」のためだけで、真剣に子供たちに向き合っているとは到底思えません。こんなトンチンカンな対応しかできない学校には自浄作用は期待できません。早急に外部の人間（教育委員会などでない）による改善が必要でしょう。

さらに京アニ放火事件の時にはあれだけ〝被害者〟の実名報道にこだわったマスコミ

も、今回の〝加害者〟の実名を報道したところは一社もありません。センセーショナルな〝いじめ〟の内容を面白おかしく伝えているだけで、本質に迫った気になっているのですから、次元が低すぎます。「真実の報道が使命」と標榜するのなら、筋を通してもらいたいものです。

(2019/10/26)

神戸市のバカ教師

前述のカレー給食中止の原因となった事件についてです。

小学校でいじめ発生と聞くと誰でも子供同士のものを思い浮かべますが、神戸市須磨区の市立小学校でのそれは違いました。なんと先輩教員四人が二十代の男性教員をよってたかっていじめていたのです。その内容も「『ボケ』『カス』といった暴言を頻繁に浴びせる」「コピー用紙の芯でお尻をたたく」など今時の小学生でもやらないようなものから、「羽交い締めにして激辛カレーを目にこすりつける」「LINEで第三者にわいせつな文言を無理やり送らせる」など中学生も呆れ返るものまで、程度の低いものばかりです。さらに「被害教諭の自家用車の上に乗ってへこませる」とまでくれば、もうこれはいじめなんかでなく立派な犯罪です。

被害男性は精神的に不安定になり、二〇一九年九月から学校を休み療養中とのことで、担任していたクラスには急遽、臨時講師が配置され児童の面倒を見ているといいます。小学生にとって担任は一番身近な大人で、学期の途中での交代の影響は小さなものではありません。ましてやその原因が他の教師からの「いじめ」ということですから、子供を預けている親からしたら「加害教師」は絶対に許せない存在です。いじめが原因の自殺などが報道されるたび、学校に通っている子を持つ親は心を痛めます。そして、すべての学校からいじめがなくなることを祈るのですが、それを指導する立場の先生たちが自らいじめ行為をはたらいていたのですからどうしようもありません。

関係者によると、加害側の教員は三十〜四十代の男性三人、女性一人で、事件が発覚したことで、十月に入ってからこちらは有給休暇で休んでいるそうです。被害者の休職に対し、加害者は有給というのも、まったく納得できないところです。市教委は当該四人をこのまま小学校の現場から外す方向だとしていますが、教育者として最もしてはいけないことをした彼らには、あいまいな一時しのぎの処分ではなく、懲戒免職で二度と教育現場に戻れないなど徹底した厳罰を与える必要があります。それこそが「いじめをしたらどうなるか」を子供たちに教えることにもなるのです。いじめっこ教師が最後に子供たちに（反面）教師としてできることはそれだけです。

(2019/10/11)

バカ教師の続報

神戸・東須磨小学校で起きた教師間の「いじめ事件」で加害教師四人の給与差し止めを決定した教育委員会の処分は不当だとして、そのうちの一人の男性教師が訴えを起こしたという呆れたニュースがありました。

私は最初にこの事件が報道されたとき、いじめの内容のひどさに憤るとともに、前述した通り、被害者は休職、加害者は有給というところに違和感を覚えました。そりゃそうでしょう。やられた方は仕事をしたくてもできず、やった方は仕事もせずに給料をもらってのうのうと暮らしているのですから。事件を知った多くの人も同様の思いだったようで、神戸市や教育委員会には苦情が殺到したそうです。

そして、ここからの神戸市の対応は見事でした。市議会は市民の声を受けて市条例を変更してまで分限休職の範囲を広げ、加害者の利益にならないようにしたのです。まさに法・条例が市民感情により改〝正〟されたのです。

ところが、加害教師の一人は、「条例を一方的に変えるのは地方公務員法を逸脱している、問題が起きた後で作った事後法で処分するのは憲法違反だ」と言って、訴えを起こしたというのですから、盗人猛々しいとはこのことです。自分のしたことを棚にあげ、この期に及んでなお権利を主張するとは反省のかけらも見えません。この教師に対する処分は、今回新しく改正された法とは関係なく為されたものです。本来なら「給与差し止め」どころか、懲戒免職となる行為です。

被害教師は警察に被害届を提出しました。加害教師たちはきびしい取り調べの後、やがて裁判にかけられることになるでしょう。そのときに罪を軽くしてもらおうとどれだけ反省の態度を取り繕おうとも、この教師だけはそれが上辺だけのものだと自ら言っているも同じです。それでもなお、今回の差し止め請求が本当に理にかなった正当なものだと信じているのなら、堂々と本名を名乗り、表に出てきて主張すればいいのです。

(2019/11/15)

杓子定規

千葉県木更津市の私立高校の女性教諭が教員免許を失効した状態で授業をしていたことがわかりました。この教諭は産休や育休のために更新時の講習を受けられなかったのですが、県教育委員会が特別支援学校の教員免許があるので問題ないとの間違った見解をだしたために、必要な延期手続きをしなかったそうです。

これだけだと、単なる手続き上のミスで、たいした事件ではないように見えますが、実は、生徒が大変な被害を被ったのです。というのは、彼女が担当した一年生の家庭科の授業を受けた二百七十六人の四十六時間の授業が無効となったのです。法律上、無資格の教師が行なった授業では単位取得にならないからです。つまり現状のままでは二年生に進級できなくなるという事態になったのです。そのため、生徒らは放課後などを利用してもう一度同じ単元の授業を受けなければならなくなってしまいました。

高校生といえば遊びたい盛りです。私が高校生のころはいつも「早く授業が終わらないかな」とばかり考えていました。それが放課後をつぶされて一度聴いた内容を再度聴かされるために拘束されるのです。初めてならまだしも二回目となると、退屈なことこの上ないでしょう。

法律を守ることは大切です。例外を一度認めるとすべてに対応しなければならなくなるからです。しかし、これではなんの落ち度も無い生徒たちが不憫です。こういうときは、大胆な特例を認めるべきだと思います。なんでもかんでも法律に当てはめればいいというものではありません。

（2015/11/20）

その地方は住みやすいのか

首都圏をはじめとする都市部から地方に人口を移すため、政府が地方移住を希望する高齢者を税制面から後押しする方向で検討を始めたとのニュースが二〇一五年八月にありました。これは都市部に持ち家があり容易に移転できない高齢者が家を売却し、地方の賃貸住宅に住む場合にも、売却損を所得控除できるようにするというものだそうです。

仕事をしている時は都市部に暮らすことを余儀なくされていた高齢者に、「リタイアした後は都市部にこだわらないで選択肢を広げてみたらどうです」という施策のようですが、はたしてそんな提案が現実的なのでしょうか。私には、いつものように現実を知らない官僚が頭で考えただけの間抜けな計画に見えます。

たしかに、これからのどかな田舎に移住したいと思っている人には朗報になるでしょう。しかし多くの人がそうではないはずです。田舎から上京した頃は都会の生活に戸惑った人も、都市生活を三十年以上も続けると、「住めば都」のことわざがあるように、もう都会から離れられなくなるのが現実です。それに高齢者には、残念ながら田舎にはもう親はいません。

それに生活の便利さ（買い物・娯楽・医療）は都会が圧倒的に勝っています。とくに高齢者にとっては田舎よりも圧倒的に都会が暮らしやすいのが現状です。

もし、本当に高齢者に地方に移住したいと思わせたいのなら、まずは地方を高齢者にとって住みやすい環境にしなければなりません。そういう施策をせずに、住宅の売却損を控除するなどといった姑息な案ではどうしようもありません。

なぜ日本の官僚は現実を見ないで、こんな机上の空論ばかりを考えているのでしょうか。それとも何かやらないとサボっていると思われるので、何でもいいから適当なアイデアを出しているのでしょうか。

（2015/08/28）

生の意見？

自民党の成年年齢に関する特命委員会が高校生や大学生を党本部に招き、飲酒年齢の引き下げについて意見を聴取したというニュースが二〇一五年八月にありました。

参加した学生からは、「大学のコンパなどでは未成年者の飲酒は事実上行われているので引き下げるべきだ」との意見や、「医学的見地からは引き下げは良くない」との意見もあったということですが、この委員会はいったい何の目的があって若者を招集したのでしょうか。当事者である未成年に何を聞くことがあるのでしょう。彼らが言ったことに対し「はい、そうですね」と対応するつもりなのでしょうか。

未成年は判断能力が未熟であるから『未』成年なのであって、そのために大人がいろいろと決めているのではないでしょうか。百歩譲って、審議するために若者の意見を参考にしたくて聞いたのだとしても、それではどんな若者を選んで呼んだのか気になります。想像ですが、党本部に入れるのですから、真面目な青年だけを呼んだのではないかと思います。一流大学や有名進学校から、教授や教師からの推薦でやってきた優等生たちではないかという気がします。

もし本当に生の若者の意見を知りたいのなら、いろんなタイプから聴取しなければならないと思います。高校を中退してぶらぶらしてる若者、頭を金髪に染めた若者やタトゥーを入れた若者、コンビニの入り口に座り込んでいる若者、成人式で大騒ぎしている若者なども含まれないと、現代の若者たちの姿が見えないと思います。

しかし、実際にそんな若者たちの意見は、優等生たちの意見以上にくだらない意見のような気がします。そう、要するに、未成年のための法律を作るのに、直接利害関係に係わる未成年の意見を聞くくらい無駄なものはないのです。高校生や大学生を党本部に招いて意見を聞くというのは、単なる政治家の自己満足、あるいはパフォーマンスに過ぎません。こういう偽善的なポーズを見ると、何とも言えない気持ちになります。

ケチばかり付けるのも何なので、真面目な話をさせてもらうと、本当に意見を聞くべきは、日々、若者たちと向き合っている教師、スポーツコーチ、警察官、少年院の教官たちからではないでしょうか。

(2015/09/04)

タダで働いてくれ

二〇一七年、大阪市は「平成二十九年度の小学校段階からのプログラミング教育の推進」にあたり、協力事業者の募集を開始しました。しかし、その募集要項は驚くべきものでした。

「事業実施にかかる人件費、消耗品費、教材費(電子機器貸与料含む)、交通費等のすべての経費は事業者の負担とする」「業務を遂行するために必要な経費について、本市(大阪市)は一切の費用を負担しない」とあったのです。すなわち大阪市は一円たりともお金を出さず、タダですべての仕事を行なってくれる民間業者を募集しているのです。

いったい担当者の神経はどうなっているのでしょうか。どこに無償で、それどころか経費持ち出しで仕事をやりたいなんていう奇特な業者がいるのでしょうか。もし、今回の事業は儲けがなくても、それに続くたっぷりと利益が見込める大きな仕事の受注が約束されるのなら応募する業者もいるかもしれませんが、市民の目が厳しい現在ではそんな裏約束なんてできるはずはありません。

自治体（お上）の仕事ならタダでもやりたい業者はいくらでもいる、なんて考えているとしたら時代錯誤もはなはだしいものです。ネット上では「奴隷を募集しているのか？」「ＩＴ業界バカにするのやめていただけます？」など批判の声が上がっているそうですが、当然です。

本気でいいものを作ろうとしているのなら、それなりの代償が必要だとなぜわからないのでしょうか。いらないところにはジャブジャブお金を使うくせに、肝心なところでケチってどうするのですか。これが『教育無償化』ということなら、その意味を完全に取り違えています。

（2017/01/20）

ゴミからゴミへ

三重県志摩市の四十リットルの指定不燃ゴミ袋の「在庫」がとんでもないことになっているというニュースが二〇一七年一月にありました。なんとその数二十二万六千五百枚！　現在の消費量でいくと全部がなくなるまでに三十年もかかる見込みだそうです。

市民からの要望により二〇一四年から新たに導入した四十五リットルのゴミ袋が四十リットルと同価格だったことから、市民がたくさん入る四十五リットルの方を買うようになり、四十リットルの売れ行きが急速に鈍ったことが原因のようです。

お役所のやることは相変わらず呑気なものです。普通の企業なら、新商品を発売するときには旧商品の在庫数を調整し、いかに損をしないようにするか知恵をしぼるものです。新しい商品と価格差をつけたり、在庫一掃セールなどで、売れ残りそうなものをさっさと処分したり無駄を最小限に抑えることに注力します。なぜなら、その損失はすべて自分に降りかかってくるからです。

しかし損をしても直接わが身が痛まない公務員は損得勘定に全く興味がないようです。それに、もし四十五リットルを発売していなかったとしても、二十二万枚以上の在庫というのは、志摩市の不燃ゴミ袋の年間消費量が三万枚ほどだそうですから、七年分以上あります。一度にたくさんの発注をかければ単価が安くなるのでしょうが、それにも限度があります。

安く仕入れることだけに夢中になり、後のことに考えが及ばなかったとしたらあまりにもお粗末な話です。利益を追求する民間企業でこんな発注をしたら担当者は始末書ものでしょう。いや、もしかしたら役所の損得なんか二の次、市民の利便性を最優先する「市民ファースト」のつもりだったのかもしれませんが、そのツケは全部市民に回ってくるのです。

「ミイラ取りがミイラになる」は聞いたことがありますが、「ゴミ袋がゴミになる」なんて冗談じゃありません。


(2017/02/04)

ハコモノの罪

佐賀市で二〇一六年十月一日にオープンした熱気球博物館「佐賀バルーンミュージアム」の入館者が五ヶ月を経過し、急減しているというニュースがありました。

開館したての十月、十一月こそ、熱気球世界選手権が佐賀市で開催されたこともあり約一万人の人たちが訪れましたが、十二月以降は三千人台にまで落ち込みました。特に平日は一日当たり五十人に満たない日もあるといいますから、これでは電気代すら賄えないのではと心配です。このままでは慢性的な赤字体質に陥る可能性が高く、市の財政にも悪影響がでてきそうです。

この博物館は、国内初の気球常設展示館として、市が総事業費約十八億円をかけて作ったものだそうで、熱気球パイロットの操縦を疑似体験できるシミュレーターや二百八十インチの大画面のシアターを備え、熱気球の仕組みや歴史も学べるようになっているようで、なかなか面白そうな施設です。

ただ残念なのはどれだけ興味深いものであっても、その存在を知らなければ誰も「行ってみよう」とは思わないという、いたって当たり前のことが抜け落ちている気がすることです。私も今回、このニュースが報じられるまで、佐賀にそんなものが出来ていたなんて知りませんでした。佐賀市は遅まきながらも入館者を増やすため、九州・中国地方の観光協会や旅行会社にＰＲするとともに、他の催しとの共通入場券を発行するなど、集客に努め始めたようです。

佐賀といえば一九九八年に開港した佐賀空港は赤字運営が続いており、「ムダなもの」の代表とまで言われていたことを思い出しました。いまでこそＬＣＣの誘致により利用者も増えてきているようですが、それこそ当初は減便の連続でした。

佐賀藩士、山本常朝の教えを著した『葉隠』の中に、「武士道と云ふは死ぬ事と見つけたり」とあります。迷った時には死を覚悟して腹をくって進めというものですが、こと行政に関しては儲からない事業に突き進んで死んでしまってはおしまいです。勇気ある撤退もまた是であるべきです。

地方都市は地域の活性化のために、外部から人と金が流れ込んでくるような仕組み作りがなによりも重要な課題となっています。しかし、勝算を担保できないそれでの失敗はまさに犬死にほかなりません。

(2017/03/10)

ムダドーム

仙台市が所有する開閉式ドーム「シェルコムせんだい」の屋根が十四年間も開いていなかったことが二〇一七年の九月にわかりました。

この施設は約一万三千平米の広さがあり、テニスやソフトボールなどいろいろな競技に使用されることを目的に、総事業費百十七億円をかけて二〇〇〇年に建設されました。開閉式屋根をもつ競技場は、天気の良い日は自然光を浴びながら、また雨天でも屋根を閉めることにより競技を中止することなく行なえるため、非常に重宝される施設です。

完成した時は仙台市民もさぞかし活用を期待したことだと思います。ところが、実際に屋根が開閉したのは最初の三年間だけで、その回数も二十回ほどといいますから、これはきっと雨風をしのぐというよりも物珍しさから開け閉めしたのでしょう。

屋根を開けない理由を、市スポーツ振興課は「近隣の泉ヶ岳から吹き下ろす風が強くて競技に影響がでるため、開けるに開けられない」と説明しておりますが、そんなことは建設前にちゃんと調査しておくべきもので、百億円以上もかけて作ってから、そんなことを言い出すなんてお粗末な話です。

閉めっぱなしの状態が続いた二〇一六年からは、年一回の定期点検も百九十万の費用がもったいないと行なっていないので、もう点検のためにも開ける気はないということです。何のために開閉屋根を作ったのかわかりません。実に無駄な出費をしてしまったものです。「シェルコムせんだい」の電動開閉式の屋根がもし固定式であったなら、いったいいくらの費用が削減できたのでしょうか。

市の施設ですから、建設にあたっては市議会の承認を得たはずです。仕様を決定する設計コンペでは、屋根を開けた際の外部とのつながりによる開放感が高く評価されたそうですが、実際にスポーツをする人でなく、議員たちが想像の世界の中だけで勝手に決めるからこんなことになるのです。

せっかく多額の税金を投入して作った施設が「日の目を見ない」のは残念なことです。

(2017/10/06)

阿波おどりトラブル

二〇一八年三月、徳島市が、夏真っ盛りの八月に毎年開催される「阿波おどり」を主催する徳島市観光協会の破産手続きを徳島地裁に申し立てたというニュースがありました。

市観光協会は約四億二千四百万円の累積赤字を抱えており、協会が借入金を返済できない場合、市が肩代わりすることになっていました。早い話が、市はこれ以上赤字が膨らんではかなわないと協会を切ったというわけです。

市観光協会は公益社団法人で、阿波おどりは協会と徳島新聞社が主催しており、今年の開催に関しては市が主導で運営を行い支障がでないようにすると言っています。

阿波おどりといえば毎年百二十万人以上の観客が訪れているのに、どうしてそんなに赤字になるのかわけがわかりません。「踊る阿呆に見る阿呆」と言いますが、どんな阿呆が運営しているのでしょうか。

観覧のための桟敷席の改修費がかかったり、やっと売れたチケットが雨天中止で払い戻さなければならなくなったりで、なにかと出費が多いと説明してはいますが、四億円以上の赤字とは、溜まりに溜まったものです。そこまでになる前に手を打つこともできたはずです。厳しい言い方をするようですが、やはり役所は民間と違って損益に関する意識が低いと言わざるを得ません。

地元民の間では、共同して主催する徳島新聞社が利益を吸い上げて、赤字はすべて協会が被っているとの見方もあるようですが、それならそれで事実関係を明確にして改善を図るべきでした。

阿波おどりシーズンには県外からだけでも毎年六十万人以上の人が訪れます。地元としても多くの観光収入が期待できる強力コンテンツなのは間違いありません。主催者がゴタゴタして行事がなくなって一番困るのは、ほかでもない徳島の人々なのです。

（2018/03/09）

黒い水

二〇一八年十月、大阪府東大阪市の公園で、水飲み場の水に誤って殺菌処理していない工業用水が引かれていたため、市がこっそり改修工事をしていたというニュースがありました。

二〇一七年十二月にこの公園に犬の散歩で訪れた男性が、犬に水を飲ませようと水飲み場のカランをひねったところ、蛇口から黒い粉末が混ざった水が出てきたそうです。何回汲みなおしても改善されず、これはおかしいと感じた男性は、ハアハア舌をだして水を催促する犬を尻目に急いで市に通報しました。そして連絡を受けた市が水質検査をして、ようやく工業用水とわかったのです。

どうやら配管工事をするときに、手洗いや飲用の上水道と、トイレの洗浄や草木の水やりに使う工業用水とを間違えたようなのですが、問題はその時期です。配管工事が行なわれたのはなんと一九九九年から二〇〇一年にかけてということですから、今年三月に正しい配管に戻すまで、なんと少なくとも十七年以上も、市民は飲用でない水を飲まされていた可能性があるのです。

さらにひどいのはその後の対応です。市はこの事実を一切公表せず、何事も無かったかのように公園管理を続けていたのです。担当者はその理由を「健康被害は報告されていないし、発表はかえって不安をあおることになる」からだとしていますが、なんとも無責任な話です。

もしかしたら、この水を飲んだ人の中にはおなかが痛くなった人もいたかもしれません。しかし、まさか公園の水が原因だとは誰も思わなかったから報告しなかっただけでしょう。そもそも市は公園周辺での聞き取り調査など行っておらず、本当に影響がなかったのかどうかもわかっていません。要するに、市の報告は適当に言い訳を述べているだけなのです。

こういう事態で最もまずいのは、一度隠蔽が発覚すると、市民はほかにも隠されているることがあるのではないかと疑心暗鬼になることです。信頼を得られない行政がまともに機能するとは思えません。市がたかが公園の水くらい、と考えていたとするなら、それは大間違いです。

東大阪市は小型人工衛星「まいど一号」に象徴される技術を前面に押し出す工業の町として知られています。だからといって水道にまで工業をアピールする必要はありません。

（2018/11/03）

2　モラルのないバカ

公僕たるもの

公務員は就きたい仕事で常に上位にランクされる職業です。民間会社のように倒産の心配がないだけでなく、給料も決して悪くなく、さらには老後の年金でも優遇されるとあれば、人気が出るのも当然です。

しかし「公僕」という言葉が表すように、公務員は国民、市民のために奉仕する義務を果たさなければなりません。これは決して市民の言いなりになれという意味ではなく、その保障された身分に見合った働きをしなさい、ということです。もちろん、そこには一寸たりとも不正や悪事があってはなりません。

二〇一七年八月、山梨市の望月清賢市長が市職員の採用試験で複数の受験者から現金を受け取り、その成績を改竄《かいざん》し本来なら不合格だった者を合格させたとして、虚偽有印公文書作成・同行使容疑で逮捕されました。この市長は、かねてから職員らに「善行を積め」と訓示していたそうで、その裏で自らはとんでもない悪行を働いていたわけです。

市長は市政関係者らから「人格者」と評される一方で、多額の借金を抱えていることを懸念されてもいました。今回の逮捕でこの心配が現実のものとなったわけですが、いかに「人格者」であろうとお金の力には屈してしまう哀しい人間の弱さを見た思いです。

お金を受け取って権力を利用し不正を働く――この市長が一番悪いのは間違いありませんが、お金の力で地位を買い、安穏たる生活を手に入れようとした受験生もまた許すことはできません。公務員たるもの、何よりも不正を憎まなければいけないのに、不正をしてまで公務員になりたいと思うなど、それだけで公務員失格です。

山梨市の不正は今回が初めてではない、ということはないのでしょうか。採用試験の度に、市長やその他の権力者にお願いしたら何とかなる、なんてことはなかったのでしょうか。複数の受験生が関与していたとなると、ある種のシステムが出来上がっていたとも考えられるのです。まともに合格した受験生のためにも、徹底した捜査で全貌を明らかにしてもらいたいものです。


（2017/08/10）

すごい残業

二〇一五年十二月、茨城県常総市職員四百九十二人の九月分残業代の総額が一億三千

万円に達したということが市議会での議員の質問でわかりました。傍聴していた市民からは大きな溜め息がもれたといいます。

これは九月に関東・東北豪雨により鬼怒川が決壊したことへの対応の為、多くの時間外労働が発生したことに起因するものだそうです。九月十日〜三十日までの二十一日間で最高の残業時間は三百四十二時間で、平均でも一人あたり百三十九時間もあったといいます。

二十一日間で三百四十二時間ということは、一日十六時間以上の残業ですが、これは物理的に可能なのでしょうか?　一日の労働時間は八時間ですから、足せば二十四時間を超えます。これはいったいどういうことなのでしょう。おそらく休日は丸々一日を残業時間に充てたということなのだと想像しますが、それでも正規の労働時間を含めると、一日二十四時間近くは働いていた計算になるでしょう。つまりこの職員は二十一日間、まったく寝なかったことになります。

これは私の想像ですが、職員たちの残業には待機時間も含まれていたのではないかと思います。緊急事態に備えるために役所で寝泊まりをする、あるいは重要な連絡を待つために部屋で待機する、などです。たしかに拘束時間という意味では、それは「勤務時間」に入れるべきなのでしょうが、寝ている時間までも残業がついているとしたら、それってどうなのかなあと思います。

九月の給与が百万円を超えた職員も係長を中心に十名以上いたようです。それだけ頑張って働いてくれたということで、大変だったのは事実ですが、家屋敷が流されて財産を失った人が大勢いる中で、職員たちは大きなボーナスが出たなあという気がします。言い方は悪いですが「台風特需」です。

このことを質問した議員は、職員への報酬は当然だと認めながらも、全国から駆けつけてくれたボランティアは、無償で手伝ってくれたのに対して、現地の公務員が多額の報酬を得ることに市民から疑問の声がでている、と指摘しました。

この議員の気持ちもわかりますが、職員の皆さんとボランティアを同列に並べるのは少し無理があるような気がします。ボランティアはあくまでも報酬目的でなく自主的に参加するものです（最近は有償ボランティアなんていうわけのわからないのもあるようですが）。それに対し、市職員は職業として収入を得るために勤務しているのですから、働いた分は当然もらっていいと思います。

そうは言うものの、これほどの大災害ですから、市職員はある程度はボランティア的な部分があってもいいのではないかという気がします。待機時間や、休憩時間や、睡眠時間は、平時の業務ではもちろん残業時間に相当しますが、こんな災害の時は、多少は例外的に考えてほしいなと思います。

公務員のみなさんは年金でも一般市民より優遇されています。十年に一度の災害のときくらい、残業代を目いっぱいはつけずに、ある程度はボランティア的な活動があってもいいのではないかという気がします。二十一日間で三百四十二時間もの残業は、さすがにつけすぎのように思います。

（2015/12/11）

お役所仕事

愛知県豊田市が警察に出していた被害届を取り下げたとのニュースが二〇一五年十二月にありました。これだけを聞いたら問題が解決してよかったようですが、その中身はなんともマヌケなものです。

届け出た被害内容は「市が所有しているガードレールが盗まれた」というものでした。ガードレールとは自動車がはみだしてこないように道路の側に取り付けてあるアレです。なくなったガードレールは長さ三十メートル、重さ二・四トンといいますから運び出すのも大変だったと思います。気付いた豊田市はすぐに警察に届けました。

ところが、よく調べてみると、現物は市の資材置き場に保管されていたことがわかったのです。ガードレールは盗まれたのではなく、工事業者が撤去してきっちりと保管していたのです。

市は今年七月、この業者に別の場所にあるガードレールの撤去を指示していましたが、業者が間違えて関係ないガードレールを撤去してしまっていたというわけです。市の場所指定が曖昧だったようですが、それよりも五ヶ月以上も完了確認をしていなかったとはお粗末な話です。指示を出しっぱなしで完了チェックをしないなんて、民間では考えられないことです。

それと、本来あるべきはずのガードレールがなくなり、いつ事故が起きても不思議でない状態が五ヶ月も続いていたのも大問題です。ガードレールは業者が元に戻すと言っていますが、「お役所仕事」の典型のような出来事でした。


（2015/12/18）

飲酒運転

二〇一六年一月、千葉県教育委員会は、勤務校の忘年会に出席後、飲酒運転をしたとして、県立高校に勤める五十一歳の男性職員を懲戒処分にしたと発表しました。

この職員は忘年会でビールをコップ一杯と三分の二程度飲んだあとにミニバイクを運転し、数キロ離れた自宅に帰ったらしいのです。アルコールは少しでも飲んだら絶対に運転をしてはいけないことを考えると、今回の迅速な処分は適切だったと思いますが、興味深かったのは発覚に到る経緯です。

というのも忘年会終了直後に、会場からミニバイクで走行していく男性職員らしき人物に同僚職員が気付き、上司に報告したらしいのです。そして校長らが後日、男性職員に確認したところ、飲酒運転を認めたので処分となったというのです。

ふつうなら発見者も同僚として当人にこっそり注意するにとどめたりすると思うのですが、いきなり処分の対象になるような通報をするとは、この学校の自浄能力はすごいとしかいいようがありません。もしかしたらこの職員がとんでもない嫌われ者で、「なにかあったらハメてやろう」と常日頃から思われていたのかもしれません。少なくとも通報者からは好かれていたことは絶対にないでしょう。あるいは通報者がものすごく正義感の強い人で、どんな些細《ささい》な悪も絶対に許すことのできない人だったのかもしれません。

いずれにせよ今回は事故が無くてなによりでした。これを教訓として、今後この学校の飲み会後には二度と飲酒運転をする者はいないだろうと思いました。

通報といえば同じく千葉県の印西市では、休職中の三十五歳の女性職員がデリバリー・ヘルスで働いていたとして懲戒処分を受けたそうです。彼女の所属部署は市民サービス課らしいのですが、サービスの内容が間違っています。

この職員は健康上の理由から休職していたそうですが、「ヘルス」といっても別に健康に良い影響のある業務でないことは明らかです。逆にそんな副業をしていて身体に悪影響はなかったのでしょうか。

休職期間中も月給の八割が支給されていましたが、彼女はそれでは足りなかったのか、「生活の為のお金が欲しかった」と言っているそうです。こちらの発覚も市への通報がきっかけでした。通報者がお客かどうかはわかりませんが、何事も隠し通すことが難しい世の中になってきていると思います。まさに「壁に耳あり障子に目あり」状態です。

でも、あまり深刻に考える必要もありません。なぜなら通報されてマズイことをしなければ良いだけだからです。

(2016/01/29)

人望の問題

同じ飲酒運転でも、周囲の人の対応がまるで違うケースがありました。

道路交通法違反で起訴された香川県三木町の男性職員の公判において、多くの同僚から寛大な判決を求める嘆願書が、高松地裁に提出されているというニュースが二〇一七年八月、ありました。その署名数は町長や副町長、教育長を含めて全職員の四分の一にあたる約百二十人分といいますから、相当なものです。同僚の報告で懲戒処分になった千葉県の職員とはまるで逆です。

この事実だけをみると、この職員が犯した違反にはよほどの情状酌量の余地があるのではないかと思えますが、実際の起訴内容はそんな美談チックな話で終わらせられるほど、穏やかなものではありませんでした。

この男性職員は今年二月の深夜、同僚を乗せて乗用車を運転中、信号待ちの車に追突したのです。その際、事故処理にあたった警察が飲酒の有無を調べると、呼気からは基準値の三倍以上ものアルコールが検出されました。実はこの職員は同僚らと飲食店をはしごし、たらふく酒を飲んだ後、平然と自動車を運転し、また同僚たちも誰も止めることなく一緒に乗っていたのです。運転者はもちろん、同乗者も情状酌量の余地は全く無いと言ってもいいほどの呆れた行動です。

言うまでもなく「飲酒運転」は道路交通法の中でも、もっとも重い罪の一つです。一緒にいた同僚たちは、自分たちにも責任の一端があると考えての嘆願書かもしれませんが、それにしても絶対に許されない「飲酒運転」の罪を犯しておいて、「軽くしてくれ」なんてよくも言えたものです。それも町長や副町長までもが署名するとは、いったいどういう町なのでしょうか。

これでは町を挙げて憎むべき「飲酒運転」を容認しているのと同じです。現在、多くの会社では「飲酒運転」は発覚しただけでクビの厳しい処分となります。それに対して地方公務員法では、執行猶予を含め禁錮刑以上が確定しなければ公務員失職となりません。そこで、同僚らが、失職を免れられる罰金刑を求めて嘆願書を作ったようですが、身内に甘い体質がここでも見事に出ています。もしかしたら、この職員は身内にはよほどのコネを持っている人がいるのかと勘繰りたくもなります。

署名した町長は取材に対し「罪を憎んで人を憎まず。町民も理解してくれるはずだ」と話しているそうです。ならば、自分のところの職員だけでなく、すべての被告、被告人に分け隔てなく嘆願書を提出しなければ理屈が通りません。詭弁も大概にしてもらいたいものです。香川県三木町に正義があるなら、町長の言う「町民の理解が得られる」などということは、絶対にありません。
(2017/09/01)

懲戒のプロ

愛知県犬山市の二十八歳の男性職員が停職一ヶ月の懲戒処分になったとのニュースが二〇一六年二月にありましたが、その理由がなんとも呆れたものでした。

実は彼の懲戒処分は今回が初めてではありませんでした。というよりもその処分期間中(停職三ヶ月)にまた、問題を起こしてしまったのです。その問題とはあろうことか停職期間中に無断でぬけぬけと海外旅行を楽しんでいたというものです。それも新婚旅行といいますから、もうやりたい放題です。

さらに呆れたことに、前の処分理由が窃盗容疑による逮捕なのです。結果は起訴猶予ですが、窃盗したことは事実です。市は十一月五日付で懲戒処分(停職三ヶ月)としました。窃盗犯に対して甘すぎる処分だとは思いますが、それはともかく、二月上旬には処分が解ける予定でしたが、担当者が彼との連絡が取れなくなっていたため、家族に確認すると、一月中旬からアルゼンチンへ新婚旅行に行っていたことがわかったそうです。

男性職員は「旅行をキャンセルすることができなかった」と言っているそうですが、そんなはずはありません。海外旅行は通常四十日前までなら取消料なしでキャンセルできるはずです。そうでないにしても、取消料を払えば済む問題です。「キャンセルできなかった」ではなく「キャンセルしなかった」のです。つまりは停職の意味をまったく考えていなかったのです。いや、もしかして停職をいいことに羽を伸ばしたのかもしれません。

今回の停職一ヶ月も本人にしたら休みが一ヶ月伸びたくらいにしか感じていないのかもしれません。こんなやつは大幅な減給をして倒れるまでとことん働かせるくらいしないとお仕置きになりません。あるいはいつでも旅行できるように、ずっと休みにしてやるかです。

何よりもかわいそうなのは、こんな職員がいる犬山市の市民です。

(2016/02/19)

実働3時間

公務員はその昔、「親方日の丸」などと気楽な職業の代表のように言われていたときもありましたが、現在は市民の監視の目も厳しくなり、そんなこともなくなったと思っていました。

しかし、お役所を舐めてはいけませんでした。京都府向日市の市職員は、民間サラリーマンが聞いたらあっと驚くとんでもない就労実態にあることが、二〇一六年二月のニュースで明らかになりました。

向日市でごみ収集を担当する清掃職員の大半が、勤務時間中にもかかわらず、テレビを見たり、ゲームをしたり、昼寝をしたりして過ごしているのが日常だったのです。

彼らの所定勤務時間は午前八時半〜午後五時十五分ですが、本来の業務であるごみ収集は午前中には終了してしまうらしいのです。午後からは大型ごみ収集などの当番以外の者はイレギュラーの出動に備えて待機することになっているそうです。しかしイレギュラーな緊急出動なんてそう頻繁にあるはずはなく、そのほとんどの時間を前述のように過ごしていたといいますから、実質働いている時間は三時間ちょっと、ということになります。なんという楽ちんな職場なのでしょう。

作業員は現在、アルバイトと嘱託を含めて十七人いるらしいのですが、なぜアルバイトを雇っているのか意味不明です。人手が足りないから一時的にアルバイトでしのぐのなら分かるのですが、仕事がないのに一体どういう感覚なのでしょうか。この職場では、このような午後から仕事がない状態が少なくとも十数年も続いているといいます。

断っておきますが、私は何もこの清掃職員たちを責めているのではありません。むしろやることが何も無いのにもかかわらず、どこにも遊びに行くことも無く、勤務時間をしっかりと全うする真面目な姿勢に敬意を表したいくらいです。

彼らにしてみれば、同じ公務員の消防隊員は緊急出動がなかった場合、「ああ、火事が発生しなくて良かった」と喜ばれるのに、自分たちは「ああ、無駄なごみが発生しなくて良かった」と言われないのは納得ができないのかもしれません。

しかし消防隊員は待機しているときも、現場で十分な働きができるように身体を鍛えたり技術を磨く訓練をしています。清掃職員も「重いごみをうまく処理できるように訓練しています」と言えば少しはカッコよかったのに、テレビやゲームはやはりいただけません。

しかし、一番問題なのはその実態を把握しておきながら放置してきた市です。マスコミの取材に対して、市は「徐々に仕事を増やしてきたつもりだが、踏み込めていなかった」と相変わらずの呑気さです。「今後は外部委託や事務事業の見直しを含め改善したい」としているそうですが、今すぐできることがあるにもかかわらず、「今後は」と言っていることからも、どこまで本気で思っていることやら、甚だ疑問です。

（2016/03/04）

筋トレ市役所

向日市の清掃職員たちに呆れていると、奈良市でも市職員の呆れるニュースが二〇一六年七月にありました。奈良市のごみ処理施設で、職員らが立体駐車場の一部をベニヤ板などで囲んで勝手に筋力トレーニング室を作っていたのです。

市は「目的外使用に当たる」として、現場の職員たちに元に戻すように指示したそうですが、このトレーニング室は約九十平方メートルの広さがあり室内にはトレーニング機器、ダンベルやバーベルが備えられエアコンも完備しているという立派なものだったようです。

市の調査に対して、職員らは「約十年前に当時の部長の許可を得て自分たちの小遣いで作った」と説明していますが、その施設の存在そのものよりも、そこを頻繁に利用する時間があるほど仕事が少ないことのほうが問題ではないでしょうか。それに、福利厚生の一環として正式に認められたものならまだしも、職員が独自に設置してそれに誰も疑問を感じていなかったことにも違和感を覚えます。

しかし、日本の公務員は勤務時間内は職場を勝手に離れないだけまだマシなのかも知れません。イタリアのナポリ近郊にある人口一万一千人の小都市ボスコトレカーゼでは、市役所職員の約半数に当たる二十三人が「ずる休み」の罪で逮捕されました。

イタリア政府は最近、ずる休みに対する取り締まり強化を発表しており、今回も警察が仕込んだカメラに職員がタイムレコーダーに出勤記録を付けてから私用で職場を離れる様子や、複数のカードを機械に通して出勤していない同僚の出勤記録を付ける様子などが撮影されていたことから判明しました。

市役所は職員の大量逮捕により人手不足に陥ったことで、大半の業務が停止する事態となっているそうです。しかしよく考えれば、それもおかしな話です。「ずる休み」をして職場にいなくても日常業務に支障がでなかった者たちがいなくなっても、急に人手不足にはならないはずだからです。市長は地元テレビに対し「役所を閉鎖せざるを得ないだろう」と語っているそうですが、たしかにそんな市役所ならさっさとつぶしてしまえばいいのです。

まあ、役所というものは洋の東西を問わず、サボることばかり考えている連中の溜まり場のようです。そういえば公務員が増えすぎて国が破産したギリシャという国もあります。

（2016/07/22）

昼休みが大好き

同じ関西の神戸の話です。二〇一八年一月、神戸市は不祥事を起こした職員の懲戒処分を発表しましたが、その内容がなんともお粗末なものばかりで呆れてしまいました。

四十四歳と四十八歳の環境局に勤務する二人の男は、昼の休み時間を待たずして、運動のためせっせと走りに行っていました。それもわざわざランニングウェアに着替えてという本格派です。彼らのフライングの発覚は、その姿を見た人からの通報によるものでしたが、それもそのはず、彼らは誰が見ても「なんだ、あの二人組は」というような行動をとっていたのです。

二人はランニングにいくときには毎回、事業所の裏口からフェンスを乗り越えて出発していたのです。ランニングウェアを着た大人二人が真昼間にフェンスに登っている姿はどう見ても異様です。これでは通報されても仕方がないでしょう。泥棒と間違えられて警察に突き出されなかっただけ、まだ良かったくらいです。彼らが事業所の玄関から出なかったのは後ろめたさがあったからなのでしょうが、フェンスを越えたりすれば逆に目立つことになるとは考えなかったのでしょうか。

もっとマヌケなのは同じ環境局に勤める六十二歳の職員です。彼は二〇一七年の四月から十月までの間、こちらも昼休みを待たずして職場を抜け出し、なんと計九十二回も弁当を買いに行っていたのです。ほぼ毎日の計算になります。彼が通っていた弁当屋には親戚が勤めており、サービスを期待して足しげく通っていたのかもしれません。しかし、職場から三キロも離れたところにあったので、休み時間では到底まかないきれないと、これまたフライングを続けていたようです。

が、悪いことはできません。一七年十月十二日、弁当屋に向かっている途中にトラックにはねられる事故に遭い、サボリが発覚してしまったのです。弁当くらい近くで買えばいいのに、ケチったために文字通り痛い目にあってしまったというわけです。

それにしても神戸市環境局は随分とヒマな職場のようです。メンバーが抜けてもなんら困ることなく済んでいるのですから気楽なものです。抜けても問題がないというのは、早い話が、必要のない人員だということです。

弁当フライングの職員は六十二歳ですので、定年を過ぎています。なぜ、そんな人を必要のない部署で雇っているのでしょうか。まさに税金の無駄遣いです。周りの職員も年長者に気をつかって誰も注意しなかったのだろうと思います。いや、居ても居なくても同じなんだから見えるところに居て欲しくないと、逆に職場からの抜け出しを歓迎していたのかもしれません。もし彼が事故に遭わなければ、なんらお咎めを受けることなくずっと永遠に弁当屋通いを続けていたと考えると恐ろしいかぎりです。（2018/02/09）

暴言暴力公務員

神戸市東灘区役所の受付窓口で、市民に「まいど」と声をかけられたことに激高して暴行をはたらいた三十九歳の男性職員が停職一ヶ月の懲戒処分を受けたというニュースが二〇一六年十一月にありました。

この職員は区役所を訪れた高齢男性が「まいど」と声をかけ、手招きしたことに腹をたて「なんじゃい！」「帰れ！」と大声で暴言を吐いた上、受付カウンターの外に出て男性の身体を手で押して追い返そうとしたそうです。

幸いにも男性に怪我はなかったようですが、なんで自分がそんな目に遭わなければならないのか皆目わからなかったはずです。なぜなら「まいど」とは関西では普通の挨拶言葉で「おはよう」「こんにちは」「こんばんは」の意味合いもあるからです。まあ、言ってみればハワイで「アロハ」と言うようなものです。

ただ挨拶しただけなのに、いきなり怒鳴られてはたまったものではありません。調査に対し、職員は「部下からの相談や難しい仕事が立て込み、イライラしていた。『まいど』といわれ腹が立った」と話しているそうですが、まったく納得できる理由になっていないどころか、対人業務に向いていない自分の不適格性を認めているようなものです。こんな狼藉職員は停職といわず免職にしないと、市民は安心して役所にも行けませんし、挨拶もできません。


話は変わりますが、神戸市の某マンションでは、小学生の保護者が「知らない人に挨拶されたら逃げるように教えているので、挨拶しないように決めて」と提案し、自治会がマンション内での挨拶を禁止にしたというニュースがありました。ついにここまで来たか、と悲しくなりました。

たしかに言葉巧みに近付いた悪者により子供たちが被害者となる事件が後を絶ちません。被害に遭わないためには知らない人との接触を完全に避けるというのもひとつの方策かもしれません。そうは言っても、同じマンションに住む者同士がエレベーターに乗り合わせたとして、一切の会話もなくじっと時を過ごす様はどう考えても不自然です。

提案した母親も子供の安全を最優先するために提案したことでしょうが、他人をまったく信用できない子供が大人になったとき、社会はどうなってしまうのでしょうか。

私はサイン会などで、初対面の人にお会いする機会がよくあります。その時にはただ、サインを書くだけでなく「こんにちは」「ありがとう」など一言でも声がけするように心がけています。せっかく来ていただいた方たちと少しでもコミュニケーションをとりたいからです。声をかけさせていただいた人たちは例外なく笑顔になってくれます。

人間はほかの動物とちがって言葉という素晴らしい意思伝達ツールを持ちました。複雑化した社会がそれを自ら放棄するように仕向けているとすれば、人類の進歩・発展もある意味すでに飽和状態なのかもしれません。

（2016/12/09）

暴言議員

二〇一六年三月に奈良・智弁学園の優勝で幕を閉じた第八十八回選抜高校野球大会ですが、この大会に初出場した滋賀学園の選手たちが、大会前に行なわれた県庁での激励会で、滋賀県の県会議員に「おまえらなんか一回戦負けしろ！」と罵倒されていたというニュースがありました。

ことの発端は、激励会が行なわれる県庁にやってきた選手たちのバスが駐車禁止の場所に駐まっていると勘違いした議員が腹を立てたことです。議員は選手たちに、「なんちゅうとこ駐めてんねん！」「誰の許可を得たんや！」などと怒鳴りまくったということです。そして挙句の果ては、前記の「お前らなんか一回戦負けしろ」という暴言が飛び出したというわけです。とてもまともな大人の言葉とは思えません。仮に本当にバスが駐めてはいけないところに駐めてあったとしても、運転手に注意すればいいことで、怒りの矛先を選手に向ける必要はなかったはずです。

激励会と聞いて意気揚々とやって来た選手たちはどんなに悲しい気持ちで帰ることになったでしょう。帰りのバスの中では、引率の野球部長が「気にするなよ」と呼び掛けたそうですが、選手たちは全員が嫌な気分であったことは間違いありません。

県議は釈明会見で、滋賀県では「受験生にもっと勉強しないと落ちるぞ」という言い方をする、それと同じようなものだとしたそうですが、意味不明です。

「しっかり練習しないと負けてしまうぞ」ならわかるのですが、バスの駐車方法と野球の試合になんの関連性があるのでしょうか。県議は、自分はなにも悪くないので辞職はもちろん訂正や謝罪も一切しないと言っています。何もこの程度で辞職しろという気はありませんが、謝罪はすべきだと思います。

学校側も「大舞台を前に選手を動揺させたくなかったので、その場では議員に謝った。しかし士気をくじくような言葉を選手らにぶつけてほしくなかった」としながらも「もう終わったことなので、訂正や謝罪の要求はしない」としています。

春、夏の甲子園大会の前に都道府県知事のほとんどは代表校の激励会を開催します。今後の滋賀県代表校は「今回の発言をした県議がいるかぎり、士気が下がったら困るので激励会は辞退します」とボイコットすればいいのです。そうでもしないと、この県議はいつまでも自分の正当性ばかりを言い続けるでしょう。ちなみに大会では滋賀学園は見事にベストエイトにまで進出しました。

もし一回戦で負けていたらもっと大騒ぎになっていたことでしょう。この県議は選手たちの活躍に感謝しなければなりません。

正直市長

(2016/04/15)

兵庫県西宮市が、若者に参院選の投票を呼びかける広報紙に、「政治家は『国民の代表』ではなく、『投票した人』の代表に過ぎない」と記載していたことがわかりました（この記事が書かれたのは二〇一六年七月）。驚くような言葉です。

国会議員は言うまでもなく全国民の代表であり、これは憲法四三条にもしっかりと規定されています。そんな当たり前のことがなぜ、このような表現になったのかと言うと、それには現職（当時）の今村岳司市長の意向が大きく反映されていたようです。

今村市長は、自身の選挙マニフェストにも同様の表現を記載しており、一時の思いつきではなく、どうやらこのことは自分の信念だったようです。

市長は市議からの追及に対し、「民主主義で完全に正確な民意、正当な代表は存在し得ない。記事のターゲットは投票を放棄する人や若い人などで、その立場に立てば論理的に誤りではない」と釈明しましたが、それにしてもこの市長は正直過ぎると言えます。

政治家にとって選挙は最も大切なものであり、自分に投票してくれる有権者はなによりも有難い存在であることは当然です。逆に対立候補に投票するような有権者はただの邪魔者であり、本音では、彼らには投票を棄権してもらうほうがマシだと感じているでしょう。ですから、当選後も自身の支持者は大切にして、棄権者はまだしも他候補に投票した人のことなんかどうでもいいと内心で思っていても不思議ではありません。

しかし、議員が実際に自分の支持者の意向だけを尊重するような政治をすればどうなるでしょう。はじかれた市民は生活の向上を諦めないといけなくなります。政治というものはそこに生きるすべての人々の幸せのために行わなければならないのは当然です。自分に投票した人と投票していない人を分けて政治をすることは許されません。

もちろん、心の中でどう思おうが、それは個人の自由です。しかし、それを公に言っちゃあダメでしょ、という感じです。

（2016/07/08）

元不良市長

西宮市の今村市長のお話の続きです。

彼は中高生を対象にした催しで、「中高生のころ、教室の鍵を盗み、授業を抜け出してタバコを吸っていた」と発言したことでも物議を醸しました。

市長は中高生時代の自分に必要だった居場所は、面白くない授業を抜け出しタバコが吸えて自由に楽器が弾けるところだったと語っていました。市長が中高生に伝えたかったのは、「居場所は自分で手に入れよう」ということだったようですが、未成年者の喫煙を正当化するような言い回しは公の場での市長の発言としては不適切でしょう。とはいえ、大騒ぎするほどの発言とも思えません。

ところがこの発言に対し、まるで鬼の首を取ったが如く、本会議で撤回や謝罪を要求する議員たちが現れたようです。西宮市議会には他に優先すべき案件はないのでしょうか。

もっとも市長の方も、追及してきた女性市議に対して、「ピンクのダサいスーツに黒縁眼鏡で『お下品ザマス！』って言っている女教師みたい」と、言わなくてもいいことを言ったようです。

どっちもどっちの、まさに中高生の喧嘩です。市庁の本会議で言うことではありません。両者ともに、本来の仕事に精を出してもらいたいものです。

（2016/12/23）

ウソつき消防士

神戸市で交番に駆け込み、「数名の知らない男に三宮駅周辺で拉致され、車で連れ回された」と訴えた二十二歳の男性消防士が、軽犯罪法違反容疑で書類送検、二〇一七年三月に懲戒処分されました。

というのは、訴えを聞いた警察が捜査を開始したところ、どこをどう捜しても物的証拠が見つからず、なにかおかしいと感じた頃に、この消防士が「寝坊したので、遅刻の理由になると思った」と白状したからです。彼の罪状は、嘘で警察官を振り回した虚偽申告罪です。

遅刻をしてしまった時に、なんとか怒られないように言い訳を考えたことは誰にでもあると思います。しかし大概の言い訳はすぐにバレてしまい、余計に信用を失くしてしまうことがよくあります。結局、素直に謝るのが一番です。

ところで一般社会と違って、お笑いの世界は一風変わっています。すぐにウソとわかるデタラメな言い訳でも、面白かったら許してもらえるのです。かつて上岡龍太郎さんが遅刻して正直に謝った弟子に対し、許すどころか逆に「向かい風が強すぎて、前に進めなくて遅刻しました」くらい言えんか、と叱った話は有名です。お笑いの世界なら、拉致した犯人は「知らない男たち」ではなく「宇宙人や地底人」でなければいけません。まあ、特異な世界の話ですので決して真似はしないでください。

それはそれとして、西のトンデモ消防士に対して、東にも笑い話にもならないようなひどいのが現れました。

東京・石神井消防署に勤務する二十八歳の男性消防士はＪＲ川越駅西口近くの路上で

二十九歳の女性の下半身を触った後、近くにいた十五歳の女性のスカートの中をスマートフォンで撮影しました。さらに五分後、今度は路上にいた二十五歳の女性に後ろから抱きついて身体を触り、最後は駅ビル内で三十六歳の女性の下半身を触りました。わずか十五分ほどの間に、なんと四人の女性にちょっかいを出していたのです。

最後の女性の一一〇番通報で駆けつけた警察官に痴漢容疑で逮捕されたのですが、彼女が行動を起こさなければ被害はもっと拡大していた可能性があります。どうやらこの消防士は突然、心にエロの火がついたみたいですが、消防士自身にもそれを消すことができなかったようです。

（2017/04/21）

文科省の呆れた先輩

組織的な天下り斡旋が問題となった文部科学省で、普通の組織では考えられないシステム（いや慣習と言うべきかもしれませんが）、「文部科学省先輩証」の存在が明らかになりました。

これは名刺大の紙をラミネート加工しただけのカードで、表に持ち主の名前と退職時の所属が記載されており、裏面には「庁舎へ入構の際、便利となります」などの注意書きがされています。実際、これを見せるだけで一般来省者が入構する際に受付で行なう面接票への必要事項の記入や、訪問先の許可を得る作業を省くことができるのですから、訪問の敷居は随分と低くなります。

ところが、そんな便利なカードなのに、顔写真や有効期限が一切ないのですから、まさにセキュリティー観念ゼロです。もっともそんな意識なんて、身内を大事にする彼らには最初から微塵もなかったのかもしれません。組織的斡旋の調整役だった人事課ＯＢにも「先輩証」が発行されていたといいますから、このカードの存在はやはり少なからず不正に寄与していたことは否めません。

世間で天下りが大問題となった二〇一七年、さすがにそれに一役買っていた「先輩証」はまずいと思ったのか、年度末の三月末で廃止はされたものの、文部科学省の身内意識が世間が感じている以上に強いものだったことが、広く知られてしまいました。

そもそも「先輩証」というネーミングからしてどうかと思います。たしかに退職者は先輩には違いありませんが、いったん退職すれば、もう普通の市民です。「先輩証」などを持って、堂々と入っていく彼らを見て、一般の来省者がどう思うかに考えが及ばない想像力のなさに呆れてしまいます。

省の役人といえば高級官僚、公務員の中でもエリート中のエリートとされています。入省したての若いころから、いや、勉強がよくできた子どものころから周りにちやほやされて過ごしていれば、特権を持つことは当たり前、それどころか特権を特権とすら思わなくなってしまうのでしょうか。

そんな彼らが国家の未来に大きな影響を与える「教育」を主導していると考えると恐ろしいものがあります。

（2017/05/05）

デートと出張

松山市の男性職員が二〇一一年に出張目的としていた広島県で開催された研究報告会に出席せず、廿日市市にある宮島水族館を訪れていたことが二〇一八年三月に明らかになりました。それも同行していた部下の女性職員との二人連れです。

出張に際しては交通費や宿泊費および日当が当然支給されていますので、このカップルは厚かましくも公費でぬけぬけとデートしていたのです。

調べてみますとこの二人は二〇一〇～一二年度にかけ、四十回以上も一緒に出張しており、その後女性職員が別の課に移動した後も、二人の出張先が同じだったことが複数回あったそうです。これでは周囲の人も気付くでしょう。

実際、怪しいと感じた市議会議員が二〇一一年の広島出張で二人が研究報告会に出席していないのではないかと松山市に質問したのですが、市は「二人はちゃんと広島の報告会に出席していた」と説明していました。納得できない市議はなおも調査を続け、二人が廿日市市の宮島水族館で撮った写真や、同市の関係者の証言を提出し、今年（二〇一八年）もう一度、松山市へ問い合わせると、なんと市は、問題の二人の職員に確認もせずに答弁していたことを認めたのです。

答弁した市の幹部としては、職員の不祥事により監督責任を問われたらかなわない、適当にごまかしてやろうと軽く考えていたのかもしれませんが、今回は市議の執念に屈した形になりました。

ただ、この件は七年も前に起きたものです。男性職員は既に退職しており結果的に逃げ得となってしまいました。不正はうやむやのまま闇に消えるよりは発覚したほうがいいに決まっていますが、それにしても、こんなことを調べるのに七年もかけるのは異常です。それも外部からの指摘がないとわからないなんて、市役所内部のチェック体制の甘さを指摘されても仕方がありません。

このカップルは広島での逢瀬のほかにもデート出張をしていた可能性は大ですし、彼らの行為は氷山の一角であって、実際には表に出てきていないほかの職員たちの同様の行為もまだ存在するのではと勘ぐられることは必至です。大多数の真面目に仕事に取り組んでいる職員にとっては大迷惑な話です。

今回の件は市議のお手柄ではありましたが、市議の本来の仕事はこんなことじゃないはずです。七年も八年も前のしみったれた話を延々と続けている松山市議会は大丈夫なのでしょうか。

（2018/03/23）

有給と脅迫

二〇一八年九月、同僚男性にナイフを向けて脅迫したとして、兵庫県警兵庫署は暴力行為法違反の疑いで、厚生労働省神戸検疫所に勤める五十一歳の男性職員を逮捕しました。いい歳をした公務員がいったいどうしてそんなことをしたのかというと、これがまた実にくだらない理由だったのです。

九月四日に近畿地方を直撃した台風二十一号は近年まれに見る大きな被害を各地にもたらしました。当日は交通機関がストップしたこともあり、多くの企業が従業員の安全確保のため休業や時短業務としました。この男も例外ではなく、とても出勤できないと判断し休むことにしたのです。さて、台風が去り男は出勤し勤務表を確認したところ、驚きました。四日の休みがただの年次有給休暇として処理されていたのです。「なんで、特別休暇じゃないんだ。年休にしたら、休める日が一日減るじゃないか！」と激昂した男は職場で勤務認定を担当する男性職員に、持っていた折りたたみナイフを示して特別休暇扱いにするよう脅したというわけです。

多くのサラリーマンは年休をすべて消化することはなかなかできないと聞きます。ならば特休であろうと年休であろうとどちらでもいいようなものですが、ここまで拘るところをみるとこの公務員は毎年きっちりすべての年休を消化していたことがうかがわれます。まあ、年休は労働者の当然の権利ですからそれ自体をとやかく言うつもりはありません。しかし、職場の規定を捻じ曲げてまで休みを増やそうなんてとんでもないことです。そんなに休みたい奴はさっさとクビにして、ずっと休みにしてやればいいのです。

そもそも一般の公務員が何故、ナイフを持ち歩いているのでしょうか。男は調べに対し、「ナイフは出したが脅迫はしていない」と容疑を否認しているそうですが、そんな言い訳をするのならいつも片方の手にリンゴでも持ってろ、という感じです。刃物はどんな場合も脅迫の道具とみなされるのは当然です。

話は変わりますが、警視庁新宿署に捕まったある強盗は刃渡り三センチの鼻毛切り用のハサミを持ってコンビニに押し入りました。店にいた店員にハサミを突きつけ「動くな、金を出せ」と脅したのです。三センチといえば手のひらにすっぽりと入る大きさですが、店員もよくハサミと確認できたものです。

これに比べたら公務員の持っていたナイフは立派な凶器です。もちろん小さいとはいえ刃物は刃物。強盗犯にもきついお仕置きが待っているのは言うまでもありません。


(2018/09/15)

スピード警官

新潟県警に勤務する二十三歳の女性警察官が、制限速度を七十五キロもオーバーする百七十五キロで高速道路を走行し、道路交通法違反（速度超過）の疑いで同県警に書類送検されたとして戒告処分になったというニュースがありました。

この女性警官は当日、同僚の女性警官二名と県警本部の研修会に参加する予定でしたが、寝坊をしてしまい、なんとか間に合わせようとアクセル全開で突っ走ったようです。

あまりのスピードに同乗の同僚は途中幾度も減速を促しましたが、自分のせいで二人まで遅刻をさせるわけにはいかないと考えたのか、聞く耳をもたずアクセルを緩めようとしませんでした。そうこうするうちに速度違反自動取締装置（オービス）に「ピカッ」と写されてしまったのです。結局、三人は彼女の〝頑張り〟によって無事研修開始前に到着することができました。

その研修会は警察官志望の学生に、模範警察官として仕事内容や魅力をアピールする「リクルーター」の任命式とその研修で、いわば警察の〝顔〟となった彼女は、遅刻は絶対にいけないとの思いが強すぎて、結果的にもっといけないことをしてしまったのです。

昔のオービスはフィルム式でしたので、すべてのフィルムを使い切ったら次に補充するまでフラッシュだけが光る、いわゆる「空撮り」がありました。そんな場合、当然出頭通知は届きませんが、数ヶ月間はいつ呼び出されるのかビクビクしながら毎日を過ごしたものです。しかし、現在ではデジタル処理になっていますので光ったらもう観念するしかありません。女性警官も当然そのことは承知していましたので、署に戻ったあとすぐに上司に報告し、今回の処分となりました。

世の中には、なんとか摘発を逃れようとオービスの設置を知らせるレーダー探知器を搭載している車も多いと聞きます。今回彼女たちが使った車は署の公用車でしたが、その車にはレーダー探知器は付いていなかったようです。考えてみれば当然です。警察車両が速度違反を前提に準備をすることなんてあってはならないからです。

それにもうひとつ、警察官でもオービスの設置場所を把握していないことが今回の件でわかりました。七十五キロオーバーですと、前歴なしでも九十日の免許停止、ならびに十万円以下の罰金、いや下手《へた》すると懲役刑の可能性もあります。

彼女は偏った責任感から大きな代償を支払うこととなりましたが、大いに反省して今度こそ立派な〝模範警察官〟となってもらいたいものです。

（2018/09/15）

3　地方議員のバカ

ガソリン代詐欺

議員の政務活動費（政活費）の不適切な使用は過去何度も問題となっています。行ってもいない出張旅費や個人的な買い物の支払いだったり、そのいいかげんな内容は多岐にわたりますが、二〇一六年三月に発覚した大分県議のケースは、よくもまあぬけぬけと涼しい顔をして報告できたものだと思わせるものでした。

彼は二〇一四年度の政務活動費の調査旅費（車の燃料代）として、約六万六千キロを一年間で走行したと報告したのです。この距離はざっと地球一周半以上に相当するもので、一年間毎日休まずに車を走らせても一日あたり百八十キロ以上になる計算です。報告によると車を使ったのは二百八十一日だったらしいので平均走行距離は約二百三十五キロとなります。これは有り得ません。はっきり言って、この県議の報告は大嘘です。

大分県議会の場合、自動車を使った調査には燃料代として一キロあたり三十七円を支給することになっているそうですので、その計算でこの議員は二百四十五万円を請求していたのでした。なんという汚い行為、なんというせこい行為でしょう。そこまでして金が欲しいのでしょうか。

そもそもこの「一キロあたり三十七円」という支給額からして、おかしいのではないでしょうか。ガソリン価格は最近は百円前後（当時）です。十キロ／リッターの車なら、一キロあたり約十円かかることになります。最近の燃費のいい車なら二十キロ／リッターくらいは走りますから、一キロあたり約五円です。

ところが大分県はなんと一キロあたり三十七円分のガソリン代を支給しているのです。これは約三キロ／リッターしか走らない車ということになります。大分県議はみんな大型リムジンにでも乗っているのでしょうか。

エコカー全盛の時代にどういう車を想定して金額を設定しているのでしょう。市民オンブズマンは「実態に基づかない請求の疑いが強い」として、旅費の返還を求める住民監査を請求する方針だそうですが、悪徳中古車販売業者の中には、車の走行距離を巻き戻して高く販売しようとする違法行為を行う者がいるように、この議員は逆にメーターの距離数を増やして帳尻あわせをするかもしれません。

それもこれも領収書を添付する必要がないだけでなく、訪問した場所や時間すら記さなくていいなどの杜撰《ずさん》な申告規定が安易な請求を可能にしてしまっているのです。もはや議員に性善説は通用しません。抜け道の無い決まりでしっかりと縛り付けないと、このようなことは永遠になくならないでしょう。

（2016/03/18）

外遊の証拠

議員には月々の給料のほかに期末手当と呼ばれるボーナス、それに政務活動費も支給されます。それだけでも十分に恵まれているのですが、その上海外視察の費用までもが公費で賄われているのです。一般企業でも出張費用は会社持ちですから議員がそうでも当然という意見もあるでしょう。

しかし会社は遊びのための費用までは出しません。あくまでも業務のために費用を出すのです。それに対して、議員の「視察」の実態は物見遊山的な側面が否めません。違うと言うのなら帰国後、成果をしっかり報告してくれたら納得もできるのですが、その報告書がなんともお粗末なものだったことがわかりました。

二〇一八年二月、岡山県議十三人が二〇一六年度に公費で参加した海外視察で、ほとんどの報告書に同じ文章が使われていたことが分かったのです。

この視察旅行はアメリカのワシントンＤＣやニューヨーク市、ボストン市などを十日間の日程で訪問したもので、総費用は十三人で約千四百五十万円かかっていました。一人当たり百万円以上の出費です。

報告内容は訪問先都市の概要、観光施設の紹介、大使館公使らの講義内容、議員の感想などでしたが、なんと十三人のうち十一人の報告が感想以外の部分で半分以上が同じ文章だったのです。それも「コレクション」とすべきところを「これ区書」、「作られたもので」とすべきところを「作られ珠緒ので」と記すなど同じ変換ミスをしており、一枚の文書を丸写ししたのは明らかです。また、都市の概要、観光施設の紹介部分では旅行代理店のサイトなどからコピペしたケースもあったそうです。

あまりにも手抜きの報告書なので、新聞記者が取材を申し込むと、十三人は連名で「報告書をまとめる際は、公表された事実を織り交ぜて作成するのが通例で、引用は許される。報告書作成について明文的ルールはなく、ルール違反の問題が生ずることはない」と開き直ったといいます。こいつらには、もはや恥という概念もないようです。

繰り返しますが、議員は給料や政務活動費という現金支給のほかに、視察という名目で報告書一枚出すだけで海外旅行までタダで行けるのです。これだけの恩恵があれば、一度手に入れた議員の椅子に必死でしがみ付く理由もわかります。

(2018/02/16)

お席をどうぞ

鳥取県八頭町議会の県外視察で、ＪＲ社員が町議ら八人を座らせるために特急列車の自由席の席取りをしていたことがわかりました。

この社員は事前に旅行会社を通じて指定席券の依頼を受けましたが、いったん確保した予約を誤って取り消してしまったのです。慌てて再手配をしましたが、その時にはすでに満席となっており、責任を感じた彼は旅行会社の社員と二人で始発の鳥取駅から議員らが乗り込む郡家《こおげ》駅まで、八つの座席に荷物などを置いてほかの乗客が座れないようにしました。この列車は鳥取駅を出発する時点ですでにすべての座席が埋まり、座れない人が十人ほど立っていたといいます。そんな中、誰も座っていない席に荷物を置いて席取りをする二人の心境はどんなものだったでしょう。

ＪＲでは混雑時に「ひとりでも多くのお客様が座れるようお荷物は網棚にお上げください」と再三アナウンスが流されます。この時もきっと同じ車内放送があったことでしょう。この社員はそれをどういう気持ちで聞いたのでしょうか。周りの乗客も必死で座席を確保する二人を見て、「いったいどんなＶＩＰが乗ってくるのだろう、しかしＶＩＰのくせに自由席かい！」と感じていたことだろうと思います。

やがて列車は郡家駅に到着し、議員たちはＪＲ社員らに手招きされるままに着席し、終点の岡山駅までゆっくりと座って旅することができました。しかし、この様子が視察に参加していなかった議員に批判され、皆の知るところとなったのです。

乗車した議員の一人は、「指定席だと思っていたが、岡山駅で自由席だとわかった。途中で何か変だと気付いたがそのままにしてしまった。恥じている」と話しているそうですが、素直にそれを信じる気にはなれません。なぜならばこの特急は二両編成で一両は指定席、残る一両が自由席となっていたので、間違えるわけがないからです。そもそも指定券なら切符に座席番号が記載されていますので、それがないのは必然的に自由席です。百歩譲って本当に気がつかなかったとしたら、それはそれで自分の席さえも確認しない随分とお気楽な視察だということになります。

今回の件はＪＲ社員の不手際なので議員たちに非はないのかもしれませんが、自分たちの立場は有権者の投票によって成り立っているという意識があればもう少し違う対応になっていたはずです。普通の感覚なら列車に乗り込んだ瞬間にズルをしているという異様さを感じなければなりません。

それができないのでは特急列車に乗れると舞い上がっている小学生の〝楽しい遠足〟と同じです。

(2018/11/03)

アイドルと市議

神戸市議会の議員が、政務活動費の不正受給により議員を辞職しました。しかし、この辞職は自らが犯した過ちに対して責任を取るというより、もう言い逃れができない、これ以上の追及は堪らないと観念しての意味合いが強いと感じます。

この元市議はアイドル歌手出身の女性国会議員との不倫疑惑が週刊誌により暴かれました。しかし、のらりくらりとその追及をかわし、うやむやのうちに幕引きを図ろうとしていました。そんな中、同じ週刊誌がまたしてもスクープ第二弾として、件《くだん》の政活費問題を明らかにしたのです。疑惑の内容はチラシの架空発注でしたが、その金額は七百二十万円にもなるそうです。どれだけチラシを撒くつもりだったんや、と言いたいところですが、そもそも印刷していないのですから、そんな心配は無用でした。

週刊誌は販売部数を増やすために、読者が興味をもつネタを常に探しています。有名芸能人だった現職国会議員と地方議員の不倫に芸能マスコミが一斉に飛びついて、ワイドショーも大きく取り上げました。そんな渦中、元市議の政活費不正疑惑が発覚し、メディアは当然のように大きく取り上げました。

もし、不倫疑惑をすぐに認めて、読者の興味が元市議からなくなっていたなら、第二弾はなかったのかもしれません。さらに言えば元市議は不倫騒動さえなければ、全国の人々にその名を知られることもなく不正も発覚せず、議員辞職しなくても済んだのです。ただ、ここで私たちがよく考えなければいけないのは、週刊誌のスクープがなければ今回の不正も市民の知るところとならなかったことです。不倫云々は面白がっていられる部分もありますが、税金を原資とした政務活動費の不正受給はそうはいきません。

問題が発覚するたびに議会は再発防止策を表明しますが、その効果はあまり表れていません。例の号泣県議の出現もあり、政務活動費には厳しい目が向けられているはずの兵庫県ですらこんな状態ですから、全国ではまだまだ、表沙汰になっていない不正はたくさんあるでしょう。議会の自浄作用を期待することは、もはや間違いなのでしょうか。なんとも情けない国になってしまいました。

（2017/09/01）

おじいちゃん市長

日本には随分と大らかな町もあったものだというニュースです。

これだけ政治家の不適切行動が問題視されている現代で、おらが町の町長は普通の首長とは違う、なぜならば全国最高齢だからだ、とどう考えてもおかしい公私混同を容認してしまう町のあることがわかりました。

二〇一七年現在（当時）、全国最年長の現職首長、香川県綾川町の藤井賢町長（八十七歳）が三年前から自身の通院や墓参りに運転手付きの公用車を使っていたことがわかりました。町は「公用車の使用は公務に限られる」との認識を示しつつも、「藤井町長は全国最高齢であり健康管理を含め、町を挙げてのサポートが必要だ、普通の首長とは違う」としてその行為を認めているといいますから、呆れてしまいます。

町の一六年度の公用車運行記録によりますと、藤井町長は一六年七月からの半年間で、町内の病院を治療のため五回訪問。十二月には高速道路を使って同県観音寺市まで往復し、大平正芳元首相の墓参りをしていました。当の町長は「公務の間に公用車を使わせてもらっている。健康管理のために必要で、いいかげんなことはしていない」と説明していますが、周りが言うのならまだしも、自分で言っちゃあダメでしょう。

健康管理という最も個人的なことを、さも町長の職務上当然のことのように自信満々で言われても、困ってしまいます。町長は二〇一四年四月以降、安全面を考慮して車の運転をやめたそうです。それは賢明な判断だと認めますが、その後に公用車を自家用車代わりに使っているのは問題です。

もうひとつ理解しがたいのは、一人暮らしの町長が公務で町役場に行くときは、親族が車で送迎しているそうで、彼の中での基準はどうなっているのかよくわかりません。公務に向かう上でのセキュリティー面を考慮すると、こちらこそ公用車の出番ではないでしょうか。

町長は取材に対し、二〇一八年四月の任期満了限りでの引退を示唆しているそうですが、車がなくなって病院通いは大丈夫なのかな、と大きなお世話ながら心配になります。

さて、このように役場と町長は正当性を必死になってアピールしていますが、果たして実態を知った町民も同様に納得して全国最年長町長の特別扱いを認めてくれるのでしょうか。

(2017/06/02)

（※この町長は二〇一八年四月、全国最高齢首長として町民から惜しまれつつも退任し、町で初めての名誉町民に選ばれました。半年後、八十九歳で亡くなりました。）

高級ワイシャツ

福島県にある人口一万四千人ほどの川俣町の町役場が、同町にある繊維業者からもらったフルオーダーメードのワイシャツ三十一着をすべて返却したというニュースが二〇一八年二月にありました。

このワイシャツは一着あたり六万円程度する絹製の高級品で、町長以下幹部を含めた職員三十名の身体をひとりひとり採寸し各々の体型に合わせて作られたものだったそうです。当初は寄贈を受けたと説明していた町役場でしたが、外部から「金銭授受と同じではないか」との指摘を受け、寄贈ではなく、着心地などを評価するモニターのために受け取ったと、理由を訂正していました。

しかし大騒ぎになって、これはマズいと考えたのか、最終的には「自治体の立場から誤解を招いてはいけない」と判断して、モニター活動も中止することを決定しました。

何を格好つけているのでしょうか。見苦しい言い訳以外の何物でもありません。返却は外部から指摘を受けてみんなの知るところになったから決定したもので、それがなければ何食わぬ顔をしてもらっていたのは明らかです。バレたんじゃあ仕方が無い、ここはさっさと無かったことにしてしまおうというのが見え見えです。

本当に問題意識があったのなら、採寸をしているときになんらかの行動を起こしていたはずです。みんな並んでルンルン気分で採寸している光景を想像すると反吐が出そうです。気の毒なのは返品された会社です。フルオーダーメードですから、転売することもできません。

この会社の社長は「地域の絹産業の振興のために考えたプランだったのに」と残念がっているそうですが、民間業者が一着六万円もする絹製のフルオーダーのシャツを三十一着も寄贈するには、それなりの見返りも期待していたのではないでしょうか。

結局、業者のくたびれもうけと町役場への不信感だけが残った今回の出来事ですが、現代ではあらゆるところに監視の目が光っています。時代劇の悪代官と悪徳問屋なみの悪だくみはもうできないでしょう。何事も公明正大で願いたいものです。（2018/02/23）

おしかけボランティア

災害はその瞬間もそうですが、あとの処理が大変です。建物が倒壊したら瓦礫の撤去、浸水や土砂災害なら泥の掻き出しなどの重労働が待っています。高齢者世帯も多くなっている現代では、とても家人だけでは対応しきれません。

そんな時に力になってくれるのがボランティアの皆さんです。阪神・淡路大震災以来、日本でもボランティア文化が芽生え、素早く行動を起こす人たちが増えてきました。ただ稀にボランティアというものを勘違いしている人が出てくるのは残念なことです。

二〇一八年六月から七月にかけての集中豪雨によって甚大な被害を受けた岡山県倉敷市真備町で、ボランティアに訪れた高知県大豊町の六十五歳の町会議員が、トラブルを起こしていたことがわかりました。この町議は避難所になっている小学校に仲間四人と一緒に宿泊することを要求し、女性の校長から「被災者しか泊められない」と断られました。町議らはいったんは引き下がったものの、持参したビールを近くで飲んだ後、再度学校に戻り、またもや「泊めろ！」と言い出しました。

校長は当然拒否の姿勢を崩しませんでしたが、一時間ほどの押し問答の末、遂には根負けして校舎の廊下で泊まるのを認めてしまいました。無茶を通した町議らは、さらに自衛隊が設営した仮設の風呂にも入浴したといいますから、呆れてものが言えません。いったい彼らは何しに高知からやってきたのでしょうか。

ボランティアの基本は『自己完結』です。宿泊場所はもちろん、食べ物も含め一切被災地のものは使ってはいけないということを本当のボランティアなら誰でも知っています。なぜなら、それでなくても不足している物資や居場所を外から来た者に回しては、本当に困っている被災者に届かなくなるからです。

この町議はおそらく「わたしは自ら率先してボランティア活動をしています」ということを選挙でアピールしようとしていたのでしょう。慰安旅行じゃあるまいし、仲間と出掛け、夜には一杯飲んでいて、よくボランティアなどと言えたものです。それに、こんな言い方はきついですが、六十五歳の男が被災地であまり役に立つとは思えません。

迷惑な人の話をしたので、立派な人の話もしておきましょう。ボランティアではありませんが、災害現場に派遣されている自衛隊の皆さんの実情を紹介したいと思います。

被災地にやってくる自衛隊員の食料は隊支給の非常食で、飲み水は持参している水筒のものです。彼らは給水作業に携わりながら、自らは給水車の水を使うことはありません。水筒の水がなくなると、川や池の水を浄化して飲み水を作ります。手や顔を洗うときも、川の水を使います。仮設の風呂も被災者専用で、自衛隊員がそれを使うことはありません。彼らが風呂に入れるのは、任務をすべて完了して帰着したあとです。仕事とはいえ本当に頭が下がります。

自衛隊員らは何をおいても国家国民のために自己を犠牲にして働いているのです。実際に彼らの活動を目の当たりにした被災者の皆さんは例外なく涙を流さんばかりに感謝しています。安全なところにいながら自己の利益のためにその存在を否定するような言動は、絶対に許すことはできません。それだけに選挙のための売名行為や物見遊山でやってくる町議みたいな人間は本当に腹が立ちます。

酷暑が続きます。被災者はもちろん、ボランティアの方々、そして自衛隊や警察など任務にあたられている皆さんには、くれぐれも健康に気をつけてもらいたいものです。

(2018/08/04)

飴玉議員

二〇一八年九月、女性議員が飴玉を舐めながら質問のための登壇をした熊本市議会本会議が紛糾し、八時間以上も閉会が遅れたというニュースがありました。

ある女性議員の質問中、彼女の様子がおかしいことに気付いた議長が、「口に何か入れていますか」と尋ねると、この議員が「喉を痛め、聞き苦しくないようにのど飴を舐めている」と平然と答えたので、議場は騒然となったそうです。当然でしょう。他の人とやりとりすることなく一人だけで作業しているのならまだしも、対人する状況で飴玉を舐めながら仕事をすることは一般社会において有り得ません。

ニュース番組でアナウンサーが飴をしゃぶりながら「最初のニュースです」とか、レストランで口をロレロレさせながら「ご注文は決まりましたか?」とか、バスの運転手がほっぺをコロコロさせながら「出発しまーす」なんて光景を見たら、誰だって、「真面目にやれ!」と怒鳴るでしょう。

ただ、こんなくだらないことで八時間も紛糾するなんてどうかしています。飴玉を口から出させれば済む話なのですが、この女性議員は八時間も飴を口の中に入れていたのでしょうか。

後日、熊本市議会の議会運営委員会は、議会の品位を貶めたとして謝罪を要求をしましたが、本人は「のどのケアのため」とさも正当な行為のように言い張っています。こんな言い分が通るなら、極端な話「ニコチン中毒だから」とタバコを吸いながら、あるいは「アル中だから」と焼酎片手に登壇してもいいことになってしまいます。要は委員会の言う議会の品位云々の前に、この女性議員は社会人としてのマナー、常識が欠如しているのです。

この議員は昨年十一月にも入場を禁止されている生後七ヶ月の長男を抱いて本会議に出ようとして議会を混乱させた前科があります。彼女は自分の行動はすべて正しく、それを認めない周囲の方が常に間違っているという考えなのでしょう。

こんなマナーのなっていない偏った考えの人間が議員になっていること自体がおかしいのです。選挙前にはその人となりまでわからなかったのかもしれませんが、二度の騒動でもう十分にバレてしまいました。次回選挙でこそ熊本市民は正しい判断をしてくれることでしょう。

(2018/10/05)

(※この議員は、翌二〇一九年の市議選で再選されました。熊本市民にそれだけ支持されたか、あるいは悪名は無名に勝るということでしょうか。ちなみに同議員は自分しか議員がいない会派の名称を自分の名前にし、各会派から反発を買いました。)

にらみあい町議会

定数十人の沖縄県与那国町議会の議長が決まらないというニュースがありました。二〇一八年九月に議員選挙が行なわれ新たな議会がスタートしたのですが、十月二日までに十九回も議長選を行なったのにもかかわらず、選ばれた議員全員が辞退しているためだそうです。

その理由は町長支持の与党と不支持の野党が五議席ずつ分け合っており、採決に加わらない議長の選出を避けたい与野党の思惑があるからだそうです。議長選ではいずれも与党は野党議員に、野党は与党議員に投票して五票ずつの同数となり、くじで当選した議員が就任を辞退することを繰り返していました。

町議会は議長が決まらないため、議案審議にも進めていないといいます。こんな住民軽視の議会は聞いたことがありません。まあ、仮に議会を進めてもここまで徹底管理された与党、野党ならもう採決するまでもなく可否は決定しますので審議の必要もないでしょうが。

議員たちは「議員当選」という『最終目的』を達したのでもう町民の目を気にしなくても良いと思っているとしか感じられません。それにしてもこの町議会は小学校の学級会以下の体たらくです。小学生でも議会は勢力争いの場ではなく、より良い生活の為に審議する場だと分かっています。

そもそも議長選を十九回もやるまでに他の方法を考えようと思わなかったのでしょう

か。一回、二回と同じことが繰り返されれば以降の結果は容易に想像できます。ましてや定数十に対して十九回となれば同じ人が複数回辞退していることになります。なり手がいないのだったら全員抽選で辞退不可の取り決めをすればいいだけのことです。そんなことすら決めきれないで、町民の生活に直結する大切なことが決められるわけがありません。もう何も考えていないバカが集まって騒いでいるとしか思えません。解散してもう一度選挙をやり直した方がいいのではないでしょうか。

(2018/10/12)

(※その後、二〇一八年十月三十一日に行なわれた九十九回目の議長選挙でようやく議長が決まりましたが、その間に要した日数は三十四日、投票用紙は九百九十枚。まさにバカの集まりです。)

バッジの価値

二〇一八年十二月、京都市議会が来年度の四月の市議選後から交付する議員バッジを現在の二十二金製から金メッキ製に変えると発表しました。

目的はもちろん経費削減です。現在では金の価格高騰もあり一個を作るのに約六万円もかかるそうです。市議会の定数は六十七名ですから、それだけで四百万円以上です。

今回の発表で知ったのですが、京都市議会は選挙のたびに定数分のバッジを新調していたのです。つまり再選された議員も新人議員と同じようにまた新しい物をもらえるのです。古参議員になるといくつものバッジを持っていることになります。そんなもの一個で十分でしょう。

ちなみに大阪市議会は、議員バッジは貸与制になっており、議員でなくなったら返却し、新しく当選した議員がそれを使うことになっています。そんなのは当たり前のことで、そもそも議員の証でもある議員バッジは、現役議員でない者が持っていてはマズイでしょう。ましていくつも持つべきものではないでしょう。

一般市民で、議員バッジが二十二金製で六万円もする物だったと知っていた人はほとんどいないでしょう。知っていたのは議員たち市議会関係者だけです。自分たちで率先して改革しなければ何も変わりません。その意味では、今回、京都市の市議会はまともな改革をやったとは言えます。

おそらく地方自治体の中には、まだ高額バッジを喜んでつけている議員が沢山いそうです。議員たちには交付されたバッジが似合うようにしっかりと襟を正してもらいたいものです。

（2018/12/23）

百田尚樹　1956(昭和31)年大阪市生まれ。作家。著書に『永遠の0』『モンスター』『影法師』『海賊とよばれた男』『大放言』『カエルの楽園』『夏の騎士』『偽善者たちへ』など多数。

Ⓢ新潮新書

863

バカの国《くに》

著　者　百田尚樹《ひゃくたなおき》

2020年4月25日　発行

発行者　佐　藤　隆　信

発行所　株式会社新潮社

〒162-8711　東京都新宿区矢来町71番地
編集部(03)3266-5430　読者係(03)3266-5111
https://www.shinchosha.co.jp

印刷所　錦明印刷株式会社

製本所　錦明印刷株式会社

ISBN978-4-10-610863-1　C0236